KB062809

다시 태어나면
당신과
결혼하지 않겠어

다시 태어나면 당신과 결혼하지 않겠어

펴낸날 2016년 4월 27일 초판 1쇄
2016년 5월 10일 초판 2쇄

지은이 남인숙
펴낸이 이태권

책임편집 박송이
책임미술 양보은
일러스트 니나킴

펴낸곳 (주)태일소담
등록 1979년 11월 14일 제2-42호
주소 서울특별시 성북구 성북로8길 29 (우)02834
전화 02-745-8566~7
팩스 02-747-3238
전자우편 sodam@dreamsodam.co.kr
홈페이지 www.dreamsodam.co.kr

ISBN 978-89-7381-553-1 03810

이 도서의 국립중앙도서관 출판시도서목록(CIP)은 서지정보유통지원시스템 홈페이지(http://seoji.nl.go.kr)와 국가자료공동목록시스템(http://www.nl.go.kr/kolisnet)에서 이용하실 수 있습니다.(CIP제어번호: CIP2016008606)

• 책값은 뒤표지에 있습니다.
• 잘못된 책은 구입하신 곳에서 교환해드립니다.

다시 태어나면 당신과 결혼하지 않겠어

남인숙의 여자 마음

소담출판사

| 차례 |

Diet
My Twenty? 20
Boy friend

| 프롤로그 |

오늘, 나는 더 행복하다

어느 일요일 오후, 나는 맥반석 오징어를 먹으며 금슬 좋은 노부부가 등장하는 슬픈 다큐멘터리를 보고 있었다. '우리 좋은 세상에 태어나 다시 만납시다.' 그 말에 심정이 동한 나는 소파에 늘어져 있던 남편에게 물었다.

"당신, 다시 태어나도 나하고 만나서 결혼하고 싶어?"

그러자 남편은 자판기처럼 대답을 뱉어냈다.

"응."

나는 "그렇구나…" 하고 대답하고는 계속 텔레비전 화면을 보며 오징어를 뜯었다. 한동안의 침묵이 흐른 후 남편은 되물을 타이밍을 놓친 쑥스러움을 모른 척 숨기며 최대한 무심하게 입을 열었다.

"그러는 당신은? 다시 태어나도 나하고 결혼하고 싶어?"

나는 너무나도 뻔한 질문을 하는 남편에게 일 초도 망설이지 않고 대답했다.

"당연히 아니지."

한때는 나에게도 '천년의 사랑'을 꿈꾸던 시절이 있었다. 영원히 함께이고 싶은 운명적인 사람과 치명적인 사랑 후 결혼을 하고 오래 아껴주며 살다가 다음 생에도 만나자고 약속하며 한날 한시에 죽는 장면을 상상하곤 했다. 주변에서는 그런 환상은 나이 들면 깨진다고 말했지만, 나는 그런 기대가 사라지는 시기가 살아갈 가치가 있는 세월인지 의구심이 들었다.

그런데 살아보니 오히려 더 낫다. 영겁의 사랑을 망상하던 그 시절보다, 지금이!

수많은 경험을 통해 우리는 인간이라는 존재가 언제까지나 미숙할 수밖에 없다는 걸 깨닫게 되었으며, 생각만큼 믿을 만하지 않다는 것도 알게 되었다. 나와 남의 한계를 안다는 것은 의외의 자유와 만족감을 준다. 그 한계 안에서 두려움 없이 마음을 줄 수도 있고 나를 보여줄 수도 있기 때문이다.

나는 남편을 사랑한다, 라고 자신 있게 말할 수 있다. 웬만하면 이번 생에는 끝까지 그와 함께하고 싶다. 그러나 이건 운명이나 전생의 인연 덕이 아니라 피나는 노력의 소산이다. 인간의 이기심을 거세시킨 무한 사랑을 전제로 관계를 해석했던 어리석음을 극복한 후에야 나는 사랑다운 사랑을 비로소 시작할 수 있었다.

어차피 모자란 인간끼리 만나서 극기훈련하듯 무르익혀야 하는 사랑이라면 뭣하러 다음 생에서까지 같은 사람과 비슷한 과정을 겪겠는가. 다음 생에는 북유럽에서 금발로 태어나 푸른 눈과 넓은 어깨를 가진 남자와 퇴폐적으로 얽혀보는 게 좋겠다. 아니면 서아프리카 부르키나파소의 한없이 뚱뚱한 미녀로 태어나 먹고 찔수록 점점 나한테 반하는 남자와 살아보는 것도 좋다. 아예 남자로 태어나 보드라운 여자의 체취에 정신을 잃어보고도 싶다.

모두가 마흔이 넘은 사람을 두고 삶의 절정을 넘긴 존재의 쓸쓸함을 이야기한다. 예전 같지 않은 건강, 이울어가는 아름다움, 사라진 낭만, 사회적 소외감, 노후에 대한 걱정 등으로 뒤범벅된, 이르고 싶지 않은 인생의 정거장이라고 말이다. 그런데, 막상 이 나이에 닿고 보니 체감 행복지수가 아주 괜찮다. 사실 내가 이십대에 바랐던 것과는 딴판인 삶을 살고 있는데도, 그래서 더 좋다. 스티브 잡스가 말했던가. 사람들은 자신이 아직 알지 못하고 있는 것들을 열망한다고. 우리는 그 시절에는 몰라서 원하지도 않던 진짜 좋은 삶을 살 수 있는 여건들을 갖추게 되었다.

나는 지금까지 내가 산 인생을 통틀어 가장 늙었으나 가장 행복하다는 사실을 알게 되면서부터 그 이유를 찾고 싶어졌다. 거칠게 훑어보았을 때는 도무지 이유를 알 수 없었다. 분명한 건 재산이 많아져서도, 다른 여건이 좋아져서도 아니었다. 나는 몇 년 사이 외국에서 인세를 홀랑 떼이기도 한 데다, 젊은 시절만큼의 베스트셀러를 낸 적도 없어 오히려 가난해졌다. 남편은 날이 갈수록 게을러져 전보다 더 나아졌다고 할 수도 없고, 사춘기인 딸은 말 붙이기도 무섭다. 한때 공황장애 때문에 일상생활도 제대로 못 하다가 겨우 회복되었고 지금도 치료를 받고 있다.

이런데도 도대체 나는 왜 더 행복한가?

요 몇 년 동안 나는 내가 젊음을 잃어가는 대가로 얻고 있는 좋은 것들을 숨은그림찾기 하듯 하나하나 찾기 시작했고, 그럴 때마다 조증 환자처럼 신이 났다.

삶에는 어느 단계에나 선물이 숨어 있다. 누구나 '좋은 시절'이라고들 말하는 청년 시절에만 삶의 절정이 있는 게 아니다. 나는 무지와 어리석음과 혼돈으로 후회될 짓만 하고 돌아다니던 내 젊은 시절을 돌이키기도 지긋지긋하다. 나이 들어가는 지금이 더 좋고, 내 인생에서 가장 좋은 시간은 아직 오지 않았다고 생각한다.

지금 나이 들어서 전보다 쓸쓸하다고, 불행하다고 생각하는 이들의 청년 시절을 추적 관찰해보면 청년 시절에도 행복하지 않았다. 나이 들어서 더 불행해진 게 아니라 지금 불행한 핑계로 나이 든 것을 선택한 것뿐이다.

삶은 누구에게나 어렵고 무거운 것이다. 그 시간들을 통과해 오면서 우리는 모두 고통에 대한 내성과 가진 것들 내에서도 행복을 누릴 수 있는 현명함을 갖추게 되었다. 사실 사십 대라는 나이는 앞으로의 행불행의 성향을 결정지을 수 있는 마지막 시기다. 서른 살 즈음에 성숙의 절정에 이른 대뇌 전두엽이 늙기 시작하기 때문이다. 전두엽은 인간의 사고를 담당하는 곳으로, 흔히 우리가 인격이나 성격이라고 하는 것들이 거의 이 부분의 작용을 의미한다. 그래서 이 시기에 갖고 있는 밝고 열린 생각이 앞으로 죽을 때까지 우리의 성격으로 굳어진다.

진짜 어른은 삶의 어려움을 설파하고 불안으로 타인을 통제하려는 사람들이 아니다. 내가 먼저 따뜻해져서 다른 사람에게 온기를 전해줄 수 있는 사람이다. 나는 이 책을 읽는 당신과 내가 나이 들수록 사람들이 온기를 나누어 받으려고 몰려드는, 진짜 어른으로 성장하면 좋겠다.

MY HAPPY BIRTHDAY!
Best friend!
Adult
Child
Money
Time
Family

MY HAPPY BIRTHDAY!
Best friend!
Money
Time
Family
Adult
Child
Let's travel!
my time

이상하다,
어른이 되니 더 재미있다

딸아이를 처음으로 제주도에 데려갔을 때였다. 나는 그동안 나들이 다녔던 육지와 판이하게 다른 제주도의 자연을 아이에게 보여주리라는 기대로 가슴이 두근거렸다. 그 모든 게 처음인 일곱 살 아이가 얼마나 신기해하고 얼마나 재미있어할 것인가.

그런데 아이의 반응은 너무나 뜻밖이었다. 기기묘묘한 용머리 해안의 풍경도, 신비로운 용암 동굴도, 에메랄드빛 협재 앞바다도 아이를 즐겁게 해주지 못했다. 가는 곳마다 여긴 어떤 곳이라고 부지런히 설명을 해주었지만 아이는 지루해할 뿐이었다.

며칠간의 여행을 마치고 돌아오는 비행기에서 아이에게 "어디가 제일 재미있었어?"라고 물었더니 어이없는 대답이 돌아왔다.

"워터파크!"

워터파크라면 집에서 멀지 않은, 훨씬 더 시설이 좋고 큰 곳으로 이미 여러 번 다녀온 터였다. 다리에 힘이 풀리는 것을 느끼며 왜냐고 물었더니 사람이 별로 없어서였단다. 맞는 말인 것이, 기껏 제주도까지 가서 차별성 없는 작은 워터파크에 가는 사람이 얼마나 되겠는가. 아이는 줄을 서지 않아도 마음껏 워터 슬라이드를 탈 수 있고, 다른 사람들에 치이지 않고 수영할 수 있는 그곳을 무척이나 좋아하긴 했다. 일곱 살 아이에게는 새로운 경험, 아름다운 볼거리보다 부모와 함께 한가롭게 물놀이를 하는 게 더 재미있었던 것이다.

원래 재미는 새로움에서 온다. 우리 뇌에서 분비되는 도파민 등 온갖 쾌락 호르몬들은 온통 새로움에만 반응하기 때문이다. 그런데 이 새로움이라는 것도 많은 경험을 통해 공통점을 인식할 때에만 발견할 수 있는 것이다. 일곱 살 딸이 제주의 특이한 자연에서 새로움과 감동을 느끼지 못했던 것은 '특이하지 않은 자연'에 대해 잘 모르기 때문이었다. 아이는 대부분의 해변이 누런 빛깔을 띤 모래로 되어 있다는 것을 잘 몰랐고, 중부지방에서 자라는 식물들이 어떻게 생겼는지에 대한 개념도 없었다. 어차피 모든 자연이 낯선, 도시의 어린아이이기에 제주의 자연도 그저 뭉뚱그려진 추상으로 느껴졌던 것이다. 유일하게 좋아했던 워터파크는 아이에게 비교적 익숙한 장소였다. 익숙한 환경에서 유일하게 달랐던 것이 바로 이전의 경험에서는 좀처럼 느낄 수 없었던 것, 바로 '한가로움'이었던 것이다. 그게 아이에게는 가장 새로운 것이었으며 재미있는 것이었다.

몇 년 후, 나는 경남 하동 쌍계사의 십리벚꽃길에서 처음으로 자연에 반응하는 아이의 모습을 보게 되었다. 늙고 아름다운 벚나무들이 온통 하늘을 덮은 채 꽃비를 내리는 장면을 본 아이는 쉬지 않고 웃으며 그 시간을 즐겼다. 그사이 지각 능력이 자라고, 봄마다 도심의 벚나무를 보는 경험이 늘어난 아이가 비로소 차이와 새로움을 알게 된 것이었다.

요즘 나는 달항아리에 푹 빠져 있는데, 스트레스를 받으면 국

립중앙미술관에 가곤 한다. 전엔 도무지 이해할 수 없었던 자기의 아름다움이 보인다. 내가 그사이 팔자가 편해졌다거나 도자기를 공부하는 취미가 생겨서가 아니다. 경험의 축적이 전에는 무관심하던 것에서 새로움을 느끼게 하는 것이다. 안목은 점차 세심해지면서도 접하는 세상은 넓어지고 있다.

요사이 나는 세상이 신기하고 재미있게 느껴진다. 같은 것을 눈에 담아도 다르게 보인다. 전에는 닥치는 대로 배우느라 안개처럼 뿌옇게만 보였던 세상이 점점 선명해지고 있어서다. 살면서 만나는 작은 변화들이 눈에 잘 들어오고 그게 새로움과 기쁨으로 연결된다. 십여 년 전, 삼십 대에 보던 세상과도 딴판으로 다르다는 게 새삼스럽다.

알고 보면 사람은 나이 들수록 삶이 재밌어지는 게 맞다. 살면서 그렇게 살 수 있는 내공을 다들 알게 모르게 쌓았다. 어쩌면 우리는 인생의 가장 좋은 때는 지났다는 사회적 공식 속에 우리 감정마저 끼워 맞추고 있는 것인지도 모른다. 어린 친구들에게 '제일 예쁘고 좋은 시기를 살면서, 왜 죽겠다고 엄살인지 모르겠다'고 고개를 내젓는 고집쟁이 어른의 전형에서 발을 빼고, 내가 먼저 재밌어지고 그 즐거움을 나누어주고 싶다. 근엄함은 지긋지긋하게 겪었다.

진정한 친구를 사귈 수 있는 황금기

전 세대 모두가 정설이라고 믿는 선입견이 하나 있다.

학교 친구가 아니면 사회에 나와서 새로 친구를 사귈 수는 없다는 것.

순수했던 시절에 아무 이해관계 없이도 마음이 통할 수 있었던 친구들이 평생 가는 친구들이며, 이 시절이 지나고서 만나는 사람들과의 관계에는 한계가 있다는 것이다. 특히 어린 시절부터 함께한 오랜 친구일수록 더 좋다는 믿음은 거의 철옹성이다.

이 되지못한 통설 때문에 어린 시절부터 쓸데없이 감내한 고통을 생각하면 스스로에게 화가 날 지경이다. 학창 시절의 친구를 잃으면 안 된다는 생각 때문에 나를 깎아내리며 자존감을 헐

어내는 친구 곁에 머물기도 했고, 이기적인 친구에게 매번 뻔히 알면서 이용당하기도 했으며, 나를 감정의 쓰레기통으로밖에 여기지 않는 친구의 희로애락을 일방적으로 받아주기도 했다. 그래서 나는 친구가 있으면서도 외로울 때가 많았고 혼자 있는 시간이 더 즐겁기도 했다. 한편으로는 나에게 문제가 있다는 생각 때문에 괴롭기도 했다. 학창 시절은 우정이라는 말로 대변되는 시절인데, 왜 나만 한 무더기의 진실한 친구들에게 둘러싸여 그림처럼 행복하지 못하고 이렇게 외로운 것일까. 이런 고민과 열등감은 모든 학교를 졸업하고도 한동안 계속되었다.

스스로가 더 이상 젊지는 않다고 느낄 무렵이 되어서야 나는 이 문제에서 해방되었고, 우정이 주는 진짜 즐거움을 짜릿짜릿하게 느끼며 살고 있다.

따져보면 학교만큼 폐쇄적인 공간에서 평생 갈 우정을 강요받는다는 건 어불성설이다. 세상에는 다양한 사람들이 있고 그중에서 나와 잘 맞

는 사람을 찾는다는 건 쉽지 않은 일이다. 학창 시절엔 불과 수십 명의 동급생들 중에서 나와 맞는 사람들을 찾아야 하는데, 이런 상황이면 맞는 게 아니라 억지로 맞추어야 하는 경우가 더 많다. 순수하니까 안 맞는 것을 맞춰야 하는 거라고 생각하며, 이 과정에서 약하거나 충돌을 싫어하는 성격인 쪽의 일방적인 희생이 지속되기도 한다. 어찌 보면 학교는 우정의 장이 아니라 잔인한 약육강식의 공간이다.

성인이 되고 꽤 철이 들고 나서야 나는 친구라는 것이 고통을 참아야 하는 관계가 아니라는 것을 깨닫게 되었다. 얼마나 오래되었는지와 상관없이 피로와 이질감을 안겨주는 관계는 점차 정리되었고 한동안 나는 친구 관계에는 크게 관심 없이 가족, 혹은 일에만 집중했다.

그러다 몇 년 전부터 전혀 새로운 사람들과 우정을 맺기 시작했다. 좋은 친구들과 깊은 공감을 나누며 분에 넘치는 우정의 호사를 누리고 있다. 삼십 대, 우정이 부질없다는 것을 알게 된 이들은 '피의 숙청'을 끝낸 후 외로운 자유를 마음껏 누린다. 그러고 나서 관계에 대해 좀 더 현명해진 다음 보다 성숙한 우정을 맺게 되는 시기가 오는데, 이 전성기가 나에게도 찾아온 것이다.

학창 시절의 추억으로 간신히 유지되던 옛 우정은 살면서 달라지는 가치관과 환경 때문에 틈이 벌어진다. 하지만 인격과 관심사가 수렴된 나이에 서로를 알아본 사람들의 우정은 더 견고한 면이 있다. 서로가 주고받을 수 있는 한계를 경험상 인식하고 있기에 그 선 안에서 이리저리 잴 것 없이 아낌없이 퍼줄 수도 있다. 어릴 때에 비해 물심양면으로 줄 게 많은 것도 참 좋다.

아파트 이웃이나 아이의 친구 엄마들에만 한정 짓지 말고 여러 경로를 통해 사람들을 만나보라. 같은 업계 모임이나 취미 동호회, 인터넷 카페에서도 인생 친구를 만나게 되는 경우가 적지 않다.

마음을 나눌 친구는 학창 시절에만 있다는 착각으로 수십 년 만에 조직된 초등학교 동창회 같은 곳에만 기웃거리지도 말라. 사람이 변하기는 쉽지 않아서, 그때 마음 가지 않았던 친구가 지금에 와서 좋아지지는 않는다. 추억과 우정은 별개의 영역에 있는 것이다. 누군가를 새로 만날 용기가 없는 것을 추억이라는 그럴듯한 것으로 포장해 과거로만 회귀하지 말고 더 넓은 세상에서 활개 치자.

그러기에 지금이 가장 적당한 나이다.

살면 살수록 중요한 '나와의 데이트'

초등학생이었던 딸아이가 임원에라도 뽑힌 학기 초면 어김없이 학급 대표 엄마에게서 한번 모이자는 전화가 왔다. 아이들끼리 해결할 수 없는 학급의 대소사를 의논하고 낯도 익히자는 취지의 자리다. 모임에 나가보면 꼭 직장에 다니는 엄마가 한둘은 끼어 있다. 신기한 건 막상 모임에 나갔을 때 초면인 그녀들 사이에서 일하는 엄마를 한눈에 구분해낼 수 있었다는 거다.

그중 '가장 전업주부일 것만 같은 엄마'가 바로 일하는 엄마다.

일하는 엄마들이 커리어우먼답게 세련된 차림으로 하이힐 소리 또각거리며 나타나고, 전업주부들은 기미 가득한 얼굴로 추레하게 등장할 거라는 기대는 아주 촌스러운 선입견에 불과하다. 직장에서 일하는 시간 외의 모든 시간을 가정과 아이에게 투자하는 워킹맘들은 오히려 자신의 외모에 신경 쓸 겨를이 없다. 그 흔한 쿠션파운데이션 한번 두들기지 않고 온전한 민낯으로 다니는 이들도 많다. 오히려 상대적으로 시간적 여유가 있는 전업주부들이 더 세련된 외양으로 나타난다.

외모뿐만이 아니다. 한 가지만 해도 잘하기 힘든 두 가지 영역의 일들을 한꺼번에 하자니, 힘은 힘대로 들고 어느 한 가지도 완벽하게 하고 있지 못하다는 느낌에 자신감마저 바닥인 워킹맘들이 많다. 내게 고민을 털어놓는 독자들의 이야기를 들어보면 우울증은 결코 집에만 갇혀 있는 전업주부들의 전유물이 아님을 알게 된다. 나는 바늘 하나 꽂을 데 없는 촘촘한 일상 속에서 '나'를 잃어가는 그녀들에게 '나와의 데이트'를 권하곤 한다.

사실 사람이 가장 외로움을 느끼는 순간은 나조차 나를 이해하지 못할 때다. 인간은 어떤 상황에 처해 있든 본질적으로 외로울 수밖에 없는 존재이므로 바깥세상에서의 외로움에 대한 내성은 어느 정도 갖고 태어난다. 그런데 내가 나와 단절되어 생기는 외로움은 극복될 수도 극복되어서도 안 되는 것이다.

언제든 온라인 세상에 연결될 수 있는 스마트폰, 리모컨만 누르면 수백 개의 채널을 돌려볼 수 있는 텔레비전이 있는 일상에서 막상 내가 나와 소통할 수 있는 시간은 없다. 나와 마주할 기회가 없으니 내가 무얼 느끼고 무얼 원하는지 알 수가 없고, 스스로에게조차 이해받지 못하는 자아는 점점 지쳐간다.

나는 성인이 된 이후 내가 처음으로 행복해지기 시작한 순간을 기억한다. 이리저리 삶에 치여 만신창이가 되었을 때 패잔병 같은 몰골로 찾은 모교의 도서관. 겨울 햇살이 비스듬히 내리쬐는 너른 책상에 당시 내가 관심 있어 하던 그림책들을 산더미같이 쌓아두고 한 권씩 읽어 내려갔다. 아름다운 그림과 단순하면서도 감동과 반전이 있는 이야기들이 담긴 그림책들을 아주 천천히 음미하는 동안 나는 나 자신과 대화하고 화해할 수 있었다. 그 자체가 치료 과정이었던 그 시간들은 아마 평생을 두고 잊을 수 없을 내 인생의 전환점이 되었다.

그 경험 때문일까. 나는 일과 가정 때문에 지쳐 있는 주변 기혼녀들에게 강권하다시피 한다. 휴일 오후, 가족들에게 시달리며 텔레비전 앞에 늘어져 졸았다 깼다 하는 시간을 휴식으로 착각하지 말라고. 한두 시간이라도 아이들을 남편에게 맡기고 잠시 가출(?)하라고.

나와의 데이트라는 게 별거 아니다. 좋아하는 책을 들고 분위기 좋은 카페에 가 한두 시간 차를 마셔도 좋고, 조용한 미술관에서 낯선 그림과 마주해도 좋다. 손 글씨를 쓸 수 있는 다이어리를 들고 가서 이런저런 계획을 세워보거나 마음속 이야기들을 끼적이는 것도 재미있다. 그런 혼자만의 시간은 분주함 속에서는 결코 얻을 수 없는 내면의 힘을 준다. 사치가 아니다.

혼자 영화를 보거나 미술관에 다녀오거나 쇼핑을 했다고 하면 궁상맞고 불쌍하다는 반응을 보이는 이들이 의외로 많다. 하지만 오히려 나는 그런 이들이 안쓰럽다. 온갖 좋은 시간과 추억을 혼자서는 만들지 못하고 온전히 남한테 기댈 수밖에 없는 인생이라니.

이제 진짜 어른으로 숙성되고 있는 시점에서 악취를 풍기며 썩어갈 것인가, 풍성한 향기로 익어갈 것인가는 자기 자신과의 소통 여부에 달려 있다.

여자에게는 두 개의 방이 필요해

"결혼하고 나서 전업주부로 사는 게 나을까요? 아니면 제 일을 계속하는 게 나을까요?"

결혼을 앞두고 있는 독자나 지인들이 내게 가장 많이 하는 질문 중 하나다. 전업주부도 해보고 일하는 엄마도 해보았으며 지금도 그 경계에 있는 나는 어쩌면 여기에 답하기에 딱 좋은 사람일지도 모른다.

사실 전문직이거나 자아실현을 위해 일하는 여자들이라면 위와 같은 질문은 거의 하지 않는다. 일을 하는 것과 포기하는 것 사이의 이해득실 차이가 갈등의 여지가 없을 만큼 명확해서 그렇다. 대개 고민의 주인공들은 아무리 고상하게 포장해도 결국

고된 밥벌이일 뿐인 일, 혹은 본인이 그렇다고 느끼는 일을 하고 있는 여자들이다. 그렇다 보니 결혼해 아이를 낳았을 때 드는 육아 비용, 규모 있게 살림살이를 못해 낭비되는 돈, 남의 손에서 자랄 아이의 정서적 손실 등을 고려해 계산기를 두들겨볼 수밖에 없는 것이다.

나는 그 계산에서 플러스가 나왔건 마이너스가 나왔건 일을 계속하는 게 좋겠다는 쪽으로 조언을 하는 편이다. IMF 직후 일자리를 잃고 일할 가망 없는 전업주부로 살아본 나는 전업주부가 누리는 것으로 보이는 평화로운 일상과 자유가 거저가 아니라는 것을 잘 알고 있다.

일을 그만두면 처음 몇 년간은 참 좋다. 늦잠을 자도, 하고 싶은 시간에만 일해도 간섭하는 사람이 없고 아이가 필요로 하는 모든 순간에 함께 있어줄 수 있다. 하지만 시간이 좀 더 지나면 어느 순간 깨닫게 된다. 자본주의 사회에서 생산 없이 소비만 하는 직업을 가진 사람들이 실제 가치와 상관없이 어떤 대접을 받는지를.

지금도 전업주부를 두고 '집에서 논다'라고 하는 표현이 흔히 쓰이는 걸 보면 알 수 있는 일 아닌가. 전업주부로 나와 남이 모두 인정할 수 있을 만큼 역할을 하고 자아를 잃지 않으려면 훨씬 영리해져야 한다.

게다가 전업주부는 자기 삶에서 단 한 개의 방을 가지는 일이다. 방이 하나면 그 방을 어떤 사정으로 못쓰게 되었을 때 쉴 수 있는 공간이 없어지게 된다. 그렇게 되면 못쓰게 된 방의 복구도 늦어지고 그 공간에서 마지못해 버텨야 하는 방 주인도 병들기 쉽다. 직장과 가정을 둘 다 꾸려가는 일이 한국 사회에서는 극한으로 버겁긴 하지만, 그래도 일하는 여자들은 두 개의 방을 오가며 서로 다른 방에서 받은 피로를 풀 수 있다.

한번은 카페에서 일을 하는데 한 여자가 두 돌이 좀 못 되어 보이는 아기를 안고 안으로 들어왔다. 기저귀와 이유식 등이 들어 있을 커다란 가방을 짊어지고 있었다. 유모차가 없는 걸로 봐서는 대중교통을 이용해 어딘가에서 볼일을 보고 온 모양이었다. 삼십 대 후반 정도로 보이는 아기 엄마는 너무나 지쳐 있었고 그녀가 카페에 들어온 건 거의 생존을 위한 일인 것으로 보였다. 내가 보기에 그 공간 안에 그녀만큼 카페인이 절실한 사람은 없었다. 하지만 아기는 그런 제 엄마가 커피를 주문하러 자리에서 일어서는 것조차 허락하지 않았다. 뭐가 마음에 들지 않는지 자신을 안은 엄마가 일어서려고만 하면 우는 것이었다. 근래 부쩍 내공이 쌓인 오지랖으로 대신 커피 주문이라도 해줄까 물어보려던 순간, 그녀가 울기 시작했다. 어미를 꼼짝 못 하게 하는 어린 아들의 정수리 위로 소리 없이 눈물이 뚝뚝 떨어지고 있었다. 그 눈물의 의미가 무엇인지 너무나 잘 알아서 감히 위로의 시선조차 건넬 수 없었다.

그건 일 분 일 초도 한 개의 방에서 떠날 수 없는 시간을 경험해본 사람만이 이해할 수 있는 고통이다.

삶에 방은 두 개 이상이어야 한다. 그래야 사람이 가진 다른 영역이 서로 휴식을 취할 수 있다. 나 역시 말붙이기도 조심스러운 사춘기 딸과 영 내 맘 같지 않은 남편에게 실망이 느껴질 때면 바깥사람들과 만나 일하며 생기를 회복한다. 반대로 냉정한 일터에서 난타당하고 온 날은 '그래도 내 편'인 가족의 따뜻함에 힘을 얻는다.

오직 한 개의 방에서 질식하지 않으려면 방의 주인은 더욱 현명하고 부지런해져야 한다. 항상 환기에 신경 써야 하고, 방이 더러워지거나 망가지지 않게 노력을 쉬지 않아야 한다. 때로는 그 방 안에 예쁜 칸막이라도 하나 들여 잠시나마 방 두 개의 효과를 누릴 줄도 알아야 한다. 그 모든 작업이 결코 쉽지 않다는 걸 알기에 나는 차라리 선택의 여지가 있어서 더 어려운 여자들에게 두 개의 방을 가지라고 권하는 것이다.

나는 우리 여자들이 하는 일의 가치가 단순히 수익의 덧셈뺄셈에만 있지 않다는 걸 알게 되면 좋겠다. 결혼하고도 일하는 여자들이 점점 많아져서 '대세'가 된다면, 두 개의 방을 꾸리는 일도 지금보다는 덜 힘겨운 일이 될 것이다.

먼 미래에 내 딸은 비장한 각오를 하지 않아도 고민 없이 두 개의 방을 선택할 수 있는 세상에서 살게 되면 좋겠다.

그래도 남는 건 여행이더라

"공돈이 생기면 그 돈으로 여행을 할래? 명품 가방을 살래?"

이런 질문을 받으면 나는 주저 없이 여행을 택하는 사람이다. 여행을 꿈꾸는 삶이 곧 일상인데 공돈까지 생겨 가는 여행을 선택하지 않을 이유가 없다.

그런데 내 주변에는 의외로 여행을 싫어하는 사람들이 꽤 많다. 그들은 휴가철에도 여행 계획을 잡지 않는다. 가뜩이나 피곤한 일상, 여행하느라 돈 써가면서 고생을 하느니 집에서 시원하게 여름을 나는 게 훨씬 낫다고 말이다. 뭐, 틀린 말은 아니다. 여행이라는 뜻의 영어 단어 'travel'이 원래 '고생'이라는 뜻의 라틴어에서 온 것인 만큼, 애초 고생을 전혀 하지 않는 여행이란 있을 수가 없다. 이 세상에 내 집만큼 편안한 곳은 없으니 아무리 만만한 곳을 선택하더라도 여행지 예약이 곧 '고생 예약'인 건 사실이다.

실은 나도 전에는 여행을 싫어하는 사람이었다. 여행을 하려면 꼭 시간과 돈과 노력을 투자해야 하는데, 막상 떠나보면 여행은 그만큼의 대가를 돌려주지 않는 것 같았다. 힘들게 도착해서 마주한 풍경들은 멋지긴 했지만 사진 몇 장 찍고 나면 감흥이 흐지부지 흩어졌고, 숙소는 비싼 만큼 편안하지 않았다. 가는 곳마다 관광객 호주머니를 노리는 상혼에 질리고, 낯선 곳에서 계획이 어그러지는 스트레스도 감수해야 했다. 게다가 다녀와서는 지친 몸으로 마주하게 되는 산더미 같은 빨래들. 나는 여행을 행복이라든지 경험이라든지 하는 의미 있는 것들과 연결 지으려는 수많은 권유들을 이해할 수 없었다. 그러다가 여행을 좋아하는 가족들과 친해져 그들을 따라다니다가 여행의 매력을 알게 되었다.

알고 보니 여행은 수많은 평범한 순간과 고생이 뒤섞여 있는 시간들 틈에서 '반짝' 하고 빛나는 몇몇 순간들에 그 본질이 있는 것이었다. 여행을 잘하는 사람들은 그 반짝임만을 여행 자체로 기억하고, 그것은 무엇과도 바꿀 수 없는 보물이 된다.

한때 지독한 불면증에 시달린 적이 있었다. 초저녁에는 그럭저럭 잠들겠는데 중간에 무슨 이유에서인지 반드시 잠에서 깨어 다시 잠들지 못했다. 그러던 차에 어디에선가 그런 경우에 어떻게 해야 하는지에 대한 글을 읽었다. 온몸 구석구석 긴장을 풀고 가장 행복했던 기억을 떠올리며 그것에 집중해보라는 것이었다. 그날 밤, 또다시 새벽에 눈이 떠졌을 때 나는 행복한 장면을 떠올리려 애썼다. 그런데 내가 떠올린 기억 모두가 여행지에서 가족과 함께한 시간들이었다. 보석 같은 해변, 가족과 황홀하게 올려다보던 은하수, 미각을 자극하던 낯선 음식들…. 그 기억들을 하나하나 꺼내보는 사이 나는 어느덧 잠이 들었다. 그 일로 불면증을 근본적으로 치료할 수는 없었지만 나는 그때 중요한 사실을 알게 되었다. 내 인생을 구성하는 가장 소중한 기억들은 대부분 여행에서 나왔다는 것을 말이다.

그 이후부터 여행이 싫다는 완고한 지인들에게도 여행을 권하곤 한다. 철학자 칸트는 여행을 혐오했고, 자신의 고향 쾨니히스베르크를 평생 한 번도 벗어나지 않았다. 내가 의아한 것은 한 번도 여행을 해보지 않은 칸트가 그게 나쁜 것인지 어떻게 알았겠느냐는 것이다. 버나드 쇼는 '이 세상에 자기가 경험하지 않은 것을 이해할 만큼 현명한 사람은 없다'고 했는데 말이다.

"내가 해봤는데 별로더라고."

이렇게 말하는 이들에게도 할 말은 있다. 여행을 싫어하던 나 역시 여행을 아예 안 해본 사람은 아니었다.

여행은 단 한 번으로 스트레스가 사라지고 창의력이 샘솟는 마법의 도구는 아니지만, 자꾸 해보면 그 가치를 알게 된다. 나중에 여행에 가장 필요한 것은 돈이 아니라 건강임을 깨닫는 나이가 되면 영원히 그 가치를 알 기회는 놓치게 되는 것이다.

편안한 내 집 소파에서 간식을 쌓아놓고 가족과 함께 텔레비전을 보는 것도 좋다. 그러나 그런 일상은 수백 번 반복될 때 의미를 잃게 되어 있다. 사람은 무엇이 되었건 새로운 자극 속에서만 행복을 느낄 수 있도록 설계된 뇌를 가졌기 때문이다. 끊임없이 새로움을 주는 여행은 사람이 삶의 의미와 행복을 찾아내는 데 꽤 효과적인 수단이다.

내가 아는 한 가족은 주말에 무작정 휙 떠나 톨게이트에서 행선지를 정한다. 여행이 꼭 돈과 시간이 많이 드는 거창한 일일 필요가 없다는 뜻이다.

여행은 너무 많은 기대를 하지 않고 그 모든 과정 자체를 즐기려는 열린 마음일 때 진가를 발휘한다. '어디 얼마나 좋은가 보자' 하고 바득바득 종주먹 쥔 자세로는 어떻게 해도 '그것 봐, 역시나…' 하는 결과를 얻을 뿐이다.

여행은 그저 삶이라는 방의 창을 여는 일이다. 창을 열어도 방 안에서 달라지는 건 아무것도 없다. 하지만 새 공기로 숨 쉬는 내 호흡이 나도 모르게 달라진다.

나이 들수록 여행에서 얻는 게 많아진다. 아마 스무 살 때 보았다면 보지 못했을 것들을 느끼고 배운다. 하지만 낯선 곳에서의 모든 것들을 포용할 수 있는 정신에 비해 육체가 점점 여행에 부적합해지고 있다는 것을 느낀다.

참 소름끼치게 인생은 공평하다.

내 생일은
내가 지킨다!

내 생일은 5월이다. 결혼을 하고 아이까지 있는 사람이라면 5월이 얼마나 정신없는 달인지를 잘 안다. 내 아이는 물론 일가친척 어린이들의 선물까지 고루 준비하는 어린이날, 양가 부모님께 뭘 해드리면 적당할까 고민되는 어버이날, 과하지도 박하지도 않은 마음 표시는 어떻게 해야 하나 도통 알 수 없는 스승의 날…. 날씨가 좋은 만큼 여기저기서 행사는 또 얼마나 많은지. 이 한가운데 콕 박혀 있는 내 생일은 결코 기대되는 이벤트가 아니다. 피로가 누적돼 날카로워진 어느 해의 생일에는 외식이라도 하자는 남편에게 '제발 좀 쉬게 내버려둬!'라고 소리를 빽 지른 적도 있다.

그러다 몇 해 전 내 생일을 끼고 해외 출장을 다녀올 일이 있었다. 가뜩이나 정신없는 5월, 출장까지 가서 바쁘기까지 하다 보니 아주 당연하게 생일을 잊고 지나치게 되었다. 일을 마치고 친정에 맡겨둔 유치원생 딸을 데리러 갔더니, 나를 보자마자 카드를 내밀며 엄마 생일은 어떻게 보냈느냐고 물어보는 것이었다. 마치 세상에서 가장 중요하고도 궁금한 일이라는 눈빛으로 말이다. 친정 엄마 말씀이 아이는 내내 내 생일을 걱정했다고 한다. 딸아이가 종일 엄마의 생일 생각으로 꽉 차 있던 그날, 정작 나 자신은 생일이나 그걸 기억해주는 가족까지 잊고 있었다는 생각에 죄책감이 느껴졌다. 내가 생일을 잊고 그냥 지나갔다고 말하면 딸이 자신이 품은 예쁜 마음이 부질없는 것이었다고 생각할 것 같았다. 아이가 틀리지 않았다는 걸 알려주고 싶어서 그곳에서 나름대로 생일 축하를 받았다고 얼버무리고 말았다. 그때 문득 많은 날을 함께할 가족일수록, 가까울수록, 서로를 기념하는 날에는 최선을 다해야겠다는 생각이 들었다.

이후로 나는 아무리 귀찮아도 내 생일을 대충 넘기지 않는다. 몇 주 전부터 내 생일을 광고하고, 남편에게는 괜찮은 식당을 예약하라는 임무를 준다. 선물을 고르기 힘들면 귀고리가 무난하더라고 힌트를 주기도 한다. 뭐, 해마다 귀고리를 선물 받는 것쯤은 견딜 만한 일이다. 아무도 생일을 기억해주지 않는다며 쓸쓸해하는 비극적인 아내의 모습은 없다.

다른 가족의 생일이나 기념일도 물론 빼놓지 않는다. 밸런타인데이에는 딸과 함께 아빠에게 줄 초콜릿과 카드를 준비한다. 남편의 승진이나 아이의 '첫 백 점' 같은 일도 그냥 넘어가지 않는다. 당사자가 좋아하는 음식을 함께 먹거나 작은 선물을 주고 함께 축하한다. 이러다 보니 기념일 챙기는 걸 무의미하게 생각했던 남편도 화이트데이가 되면 꽃이라도 사들고 들어오기 시작했다. 귀찮은 낭비로만 여겨지던 이벤트들이 막상 행동으로

옮겨지니 나름 즐거움과 추억이 되었다. 형식적이라고 여겨지는 일들에는 너무 가까워서 소홀해지는 사람들을 초심으로 돌아가게 하는 힘이 있다. 어쩌면 낯간지러운 애정 표현에 익숙하지 않은 한국의 가족일수록 서로에 대한 애정을 확인할 수 있는 구실 같은 것이 더 필요할지도 모르겠다.

나는 딸에게 조촐하게 '초경 파티'도 열어주었다. 케이크 사다 놓고 촛불 한 개를 밝혔다. 오래전 내가 달거리를 처음 시작했을 때 느꼈던 막연한 두려움과 불쾌감을 딸에게 물려주고 싶지 않았다. 신나게 웃으면서 촛불을 불어 끈 딸은 초경이 시작된 날을 '내가 어른 여자가 된 날, 그래서 가족들에게 축하를 받은 날'로 기억하게 될 것이다.

일일이 따지고 들자면 그 어떤 날도 특별히 기념할 만한 날은 없을지도 모른다. 세상 사람들이 모두 가진 생일, 초콜릿 회사의 농간으로 상업화된 밸런타인데이가 뭐 그리 대단하다고. 문제는 그날을 나와 함께할 '사람들'이다.

나이 들고 모든 게 무감해질수록 사람들과 함께할 수 있는 삶의 이벤트들을 놓치지 말아야 한다.

그러고 보니 결혼기념일이 얼마 남지 않았다. 부아가 날 때마다 '내 인생이 꼬이기 시작한 날'이라며 지워버리고 싶다는 의미로 달력에 엑스 표시를 해두곤 했던 날 말이다. 분명히 귀찮겠지만 막상 좋은 곳에서 좋은 걸 함께하면 또 이게 사는 낙이거니, 할 것이다. 적어도 그 귀찮은 일을 하고서 후회한 적은 없다.

내 슬픈 멜론의 추억

지난여름 내내 나는 온 가족이 좋아하는 멜론을 자주 사다 날랐다. 향이 좋고 과육이 입에서 살살 녹는 멜론을 손질해 내오면 다들 무념무상으로 입에 넣기 바쁘지만, 나는 이 과일을 볼 때마다 단 한 번도 거르지 않고 십육 년 전의 한 장면을 떠올린다.

임신 육 개월에 접어들 때쯤이었나, 배는 무거워 오는데 아직도 입덧이 가시지 않아 고생이 이만저만이 아니었다. 어느 날 남편과 마트에서 장을 보다가 과일 코너의 멜론을 봤는데 태어나서 그런 강렬한 식욕을 느껴보기는 처음이었다. 정말 너무나 먹고 싶었다. 하지만 당시의 우리는 지금처럼 먹고 싶다고 덜렁 들어 카트에 실어 넣을 수 있는 형편이 아니었다. 방송작가였던 나는 금융위기 이후 일자리를 잃었고, 장교로 군복무를 하고 있던 남편의 적은 월급은 절반이 대출금 이자로 날아가던 시기였다. 게다가 그때의 멜론은 지금보다 훨씬 비싼 과일이었다.

나는 족히 십 분은 그 앞에 멍하니 서 있었던 것 같다. 결국 발걸음을 돌려 그냥 집으로 왔지만 이상하게도 그 일이 영 잊히지를 않았다. 그리고 남편을 원망하는 마음이 꽤 오래갔다. 가계부를 쓰던 내 입장에서야 선뜻 손이 가지 않았다 해도, 남편이 '이거 하나 먹는다고 우리 굶지 않아! 먹고 싶음 먹어야지!' 하고 호기롭게 장바구니에 담아주었으면 좋았을 텐데 말이다. 그렇게 해서 멜론은 나에게 서글픔과 원망의 과일로 각인되었다.

그러나 시간이 흐른 후 돌이켜보니 이 신파적인 멜론의 추억은 다름 아닌 나 자신이 만든 것이었다. 신용카드를 쥐고 있던 내가 그냥 멜론을 샀으면 될 일이었고, '이거 하나 먹는다고 굶지 않아! 먹고 싶음 먹어야지!'는 남편에게 기대할 게 아니라 내 입에서 나왔어야 할 말이었다. 당시 아직 이십 대였던 남편은 멜론 앞에서 머뭇거리는 나를 보고 '무리해서 살 만큼 먹고 싶지는 않은가 보다' 하는 데까지밖에 생각이 못 미치는 철부지일 뿐이었다. 차라리 그때 내가 결단을 내려 멜론을 사먹고 다음 날 돈이 없어 라면으로 끼니를 때우기라도 했다면 궁색하지만 재밌는 추억거리 하나가 만들어졌을 것이다. 죄 없는 멜론에 한(恨)을 뒤집어씌우는 대신에 말이다.

나는 아직도 주변에서 슬픈 희생으로 한을 켜켜이 쌓아가는 여성들을 많이 본다. 내 입으로 나를 좀 더 생각해달라고, 배려하고 챙겨달라고 말하는 일이 자존심 상하고 피곤한 일로 여겨질 때가 많다. 하지만 정말 뜻밖에도 가족들은 아내나 어머니가 자신의 욕구를 희생했다는 사실 자체도 알지 못한다. 최근 앞의 멜론 사건의 전말을 남편에게 말했더니 이런 대답이 돌아왔다.

"그랬어? 그냥 사먹지 그랬어?"

결국 아무도 알아주지 않는 희생은 원망과 허망함 같은 부정적인 에너지로 바뀌어 고스란히 가족에게 되돌아간다. 나 자신을 허술하게 대접하는 습관은 가족에게도 나쁜 영향을 미치는 것이다.

이제 세상살이에 익숙해진 덕에 내가 원하는 것을 거침없으면서도 맘 상하지 않게 전달하는 화법에 능숙해졌다. 그래서 '하고 싶은 말'이 때로는 '해야 하는 말'이 되기도 한다는 지론을 곧잘 실천한다. 비록 남편이 내 말에 집중하게 하려면 텔레비전을 끄고 스마트폰을 빼앗은 다음 내 눈을 쳐다보게 해야 하고, 사춘기 딸의 심기를 건드리지 않도록 신중히 말을 골라야 하지만.

이제 스스로를 대접하는 데에 익숙해진 내가 좋다. 멜론에 얽힌 슬픈 추억 따위는 다시 만들지 않을 자신 있다.

뻔뻔해지니
세상이 좋아졌다

오래전 친정 엄마와 함께 옷을 사러 갔을 때였다. 코트를 걸쳐보던 엄마가 옆에서 원피스를 입고 거울을 보던 또래 아주머니를 보더니 한품을 푹 쉬며 말했다.

"이렇게 날씬하니 얼마나 좋아? 아무 옷이나 입어도 척척 어울리고?"

"아유, 그 코트 입은 것도 예쁘기만 한데, 뭘! 별로 찌지도 않으셨구먼 그러네."

서로 옷깃까지 만져주며 화기애애하게 대화하기에 나는 두 분이 원래 알던 사이인 줄 알았다. 한참이 지나서야 나는 그분들이 서로 일면식도 없는 사이라는 걸 눈치챘다. 이런 식으로 처음 본 사람을 십 년 된 지인처럼 대할 수 있는 중장년 여인네들만의 사교성에 깜짝 놀란 게 한두 번이 아니었다.

그런데 이제 내가 그렇게 되었다.

나는 원래 낯을 가리는 성격이다. 어려서부터 항상 글을 써온 사람의 성격이라는 게 짐작할 만하지 않은가. 남과 어울리기보단 혼자 있는 게 좋았고 여러 사람이 있는 곳에선 입도 떼지 못했다. 어쩔 수 없이 모임에 참석하는 날이면 빨리 집에 가고 싶어졌다. 친구는 좁고 깊게 사귀었고 한 번에 한 명씩만 보는 게 좋았다. 사람들은 내가 눈에 띄게 내성적으로 보인다고들 말했다.

하지만 이제 나는 흔히들 하는 표현대로 낯이 두꺼워졌다. 이젠 나도 엄마가 그러듯이 백화점에서 옷을 고르다가 낯선 중년 부인들과 허심탄회하게 대화를 나눈다.

며칠 전 사람들과의 술자리에서는 "저 원래 낯을 가리는 성격이에요" 하고 말했다가 비웃음을 샀다.

여자들이 점점 사교적인 성격이 되어가는 이유는 다름 아닌 생존이다. 결혼해 자식을 키우며 살든 끝까지 일터에서 버티든, 일정 정도까지는 사교적이 되지 않으면 안 된다. 약자들끼리의 네트워크라고도 할 수 있고, 서열보다는 무리 짓기를 중시하는 여자들의 사회적 본능이 생존 방식으로 드러나는 것이라고도 할 수 있다.

어른으로 독립해 살다 보면 문제 해결 능력이 필수인데, 이게 조금만 뻔뻔해지면 쉽게 해결되는 경우가 생각보다 많다. 해외 여행하면서 영어 못 하는 게 부끄러워 한없이 헤매기보다는 보디랭귀지를 동원해서라도 길을 물어 빨리 찾는 게 나은 것처럼 말이다. 이런 경험들이 하나하나 쌓이면 사교성이 삶에 얼마나 도움이 되는지 깨닫게 되고 차츰 습관이 된다. 놀랍게도 뻔뻔해진 얼굴로 대하는 세상은 훨씬 운신의 폭이 넓고 친절하다.

한번은 버스 안 빈 좌석 위에 휴대폰이 놓여 있는 걸 발견했다. 나는 방금까지 그 자리에 앉아 있다가 다음 정류장에서 내리려고 서 있던 젊은 여성에게 반사적으로 물었다.

"혹시 저 휴대폰 주인 아니세요?"

아마, 예전의 나라면 한참을 망설이다 그녀가 내릴 때까지 말을 못 걸었을 것이다.

'확실하지는 않은데, 저 자리에 앉았던 사람이 맞을까? 만약 아니라면 괜히 내리려는 사람 붙잡고 귀찮게 하는 거 아닐까? 혹시 주변에 주인이 따로 보고 있다가 내 오지랖에 어이없어하지는 않을까? 나하고 상관없는 일인데 모른 척할까…?'

이런 생각을 끝도 없이 하고 있었을 게 뻔하다.

휴대폰을 본 그녀는 소스라치게 놀라더니 무의식적으로 자기

주머니를 더듬고는 그것을 집어 들었다. 모든 게 불과 몇 초 안에 일어난 일이었다. 별거 아닌 것 같지만 소심한 사람에게는 결코 쉽지 않았을 일이다. 버스에서 내리며 진심 그득하게 고맙다는 말을 세 번이나 하던 그녀의 눈빛은, 아마 뻔뻔해진 내가 아니었다면 볼 수 없었을 것이다.

지난번 가족과 함께 대형서점 할인전에 갔을 때도 내 뻔뻔함은 빛을 발했다. 상황을 보니 두 시간쯤 줄을 서야 행사장 안으로 입장할 수 있었다. 이미 책을 잔뜩 골라 나온 사람들도 계산 줄에서 비슷한 시간을 기다리고 있었다. 한 시간 가까이 운전해 거기까지 간 우리는 깊은 고민에 빠졌다. 줄을 설 것인가, 말 것인가. 그때 나는 계산을 위해 줄을 서 있던 모녀에게 말을 걸었다.

"저기, 실례합니다. 안에 볼만한 책이 많던가요? 할인은 많이 되고요?"

그랬더니 중년 엄마와 대학생 딸은 오랜 친구처럼 자세하고도 친절하게 말해주었다. 살 만한 책이 별로 없고 그리 싸지도 않더라고. 고마운 그녀들 덕에 우리는 더 이상 갈등하지 않고 근처 다른 곳으로 발길을 돌릴 수 있었다.

망설이지 않고 타인을 향해 다가갈 수 있게 된 나는 요즘 남을 도울 자유, 남에게 도움을 받을 수 있는 자유를 동시에 느끼고 있다. 이건 결과보다는 태도의 문제이며 자기결정권, 행복감과도 연쇄적으로 연결되는 것들이다. 그 때문일까, 어릴 때는 익숙한 곳에서도 낯선 곳에 나 혼자 버려진 듯한 기분이었는데 지금은 낯선 곳에서도 편안하다. 주인까지는 아니어도 어디에서나 당당한 손님으로 행세할 수 있다.

가끔 자존감이 결여된 뻔뻔함으로 '진상'이라는 말을 들으며 나이 들어가는 이들을 한꺼번에 욕보이는 중년들이 있는데, 아니 사실은 많은데, 그런 이들 때문에 나이 드는 게 추한 것이라고 생각하고 싶지 않다. 좋은 뻔뻔함은 오히려 멋스럽고 품위 있어 보이기까지 한다. 한국 사람들은 공공장소에서 뒷사람을 위해 문을 잡아주는 일을 오글거리고 형식적인 매너라고 부끄러워하지만 그 수줍음을 이기고 매너를 지키는 사람은 세련되고 배려 깊어 보인다. 수치를 모르는 것과 좋은 뻔뻔함을 혼동하면 안 된다. 그건 나이 들어가는 게 아니라 그저 사람됨을 잃어가는 것일 뿐이다.

같은 맥락에서 내가 어제 슈퍼마켓 양방향 여닫이문을 잡아주었을 때 내 팔 아래로 미꾸라지처럼 빠져나간 남성은 언젠가 수치심을 느낄 수 있길 바란다. 대체 왜 문을 되받으며 고맙다고 말하지 못하는가? 그건 혹시라도 내가 놓아버린 묵직한 문에 이마라도 깨질까 봐 한 배려였지, 기차놀이가 아니었다.

우리는 그렇게까지
하고 싶지는 않았다

내가 아는 한 유명 재무상담가는 마흔이 넘은 사람의 상담 요청은 아예 받지를 않는다고 한다. 이유를 물었더니 간단했다.

"상담을 받고 변화할 가능성이 없기 때문이죠."

돈을 모을 수 있는 사람이 된다는 것은 자신의 가치관과 습관, 목표 등 인생 전반을 통째로 변화시키는 일이다. 나처럼 돈 잘 벌고 잘 모으는 인간형이 아닌 사람이 재테크 상담 몇 번 받는다고 부자가 되는 것이 아닌 것이다. 그런 것을 기대하는 사람들이 사기꾼들이 털어먹기 딱 좋은 사람이 되는 것이다. 그녀는 중년을 넘어 이제 자기 가치관과 삶을 통째로 들어엎을 생각이 없는 사람은 그냥 살던 대로 사는 게 낫다고 생각하는 것 같았다.

부자 천성을 타고난 사람들은 돈이 쌓이는 것에 쾌감을 느낀다. 물론 돈 쌓이는 걸 보면서 기분 나쁠 사람은 없다. 그러나 보통의 사람들을 관찰해보면 정확히는 돈 자체가 아니라 돈을 쓰는 행위에 쾌감을 느끼는 것이지, 통장에 찍힌 숫자나 지폐에서 아름다움을 느끼는 것은 아니다. 한번은 남편에게 재무관리에 대한 책을 읽으라고 준 적이 있다. 이 책에서는 부자들은 모두가 비싸고 좋은 지갑을 쓰고 있더라는 경험적 명제를 던지고 논리를 펼친다. 좋은 지갑이 돈을 부른다는 미신이 아니라 그만큼 돈을 대접해주고 아끼는 사람이 부자가 된다는 것이 핵심이었다. 남편은 책의 앞부분을 아주 흥미롭게 읽더니 사람이 변했다. 그런 쪽으로는 통 생각이 없던 사람이 비싸고 좋은 지갑에 관심을 가지기 시작한 것이다. 그리고 그게 전부였다.

돈을 잘 벌기보다는 잘 모아서 알부자인 친구가 있는데, 그녀에게 주부들에게 인기 있는 브랜드의 식기 세트가 할인을 해서 반값도 안 된다는 정보를 알려주었다. 그랬더니 그녀는 집에 쓸만큼 그릇이 있다며 별로 관심 없어 했다.

"그 브랜드 이렇게 세일 많이 하는 거 처음이래. 아까운 기횐데."

"아무리 싸도 내 돈이 더 아까워. 그냥 통장에서 돈이 나가는 게 싫어."

통장에 숫자가 꽂히면 돈 쓸 생각부터 하는 나와는 사고 구조가 달라도 너무 달라 감탄과 놀라움을 느꼈던 기억이 잊히지를 않는다.

돈을 많이 버는 사람들은 알고 보면 우리가 입장 바꿔 생각하면 도저히 살 수 없는 삶을 사는 경우가 많다. 개인의 취향과 가치관 모두가 돈에 맞춰져 있어서 일의 스트레스를 이길 수 있거나 돈 모으는 일이 적성인 것이다.

몇 년 전 내 책이 몽골에서 베스트셀러가 되어 독자 미팅을 위해 울란바토르에 간 적이 있다. 편집자는 행사 후 홉스골 호수를 관광시켜주었다. 홉스골 호수는 몽골에서 가장 큰 호수로, 몽골인이라면 누구나 한 번쯤은 가보고 싶어 하는 곳이라 했다. 그곳은 듣던 것보다 훨씬 아름다웠다. 꿈에서나 봤을 법한 풍경에 내내 입을 쩍 벌리고 있다가 울란바토르에 복귀했다. 그곳에서 한인 교포들을 만날 기회가 있었는데 하나같이 그곳에서 성공한 사람들이었다. 몽골인 편집자의 말에 따르면 울란바토르에는 정착에 성공해 재산을 불린 한국인들이 많다고 했다. 그들과 이야기를 나누다가 수십 년간 몽골에 산 그들 중 한 번이라도 홉스골 호수에 가본 사람이 없다는 것을 알고 깜짝 놀랐다. 비행기로 한 시간 거리에 불과한 몽골 제일의 관광지에 그들은 관심이 없었다. 척박한 이국땅에서 부자로 살아남는 데 성공한 사람들에게는 이유가 있었던 것이다.

반면 가치관과 적성이 그쪽이 아니라면 어쩔 수 없는 것이다. 내 후배 하나는 부동산 중개인으로서 재능이 있었다. 젊은 나이에 그 또래로서는 상상도 하기 힘들 돈을 벌었다. 그러나 그녀는 일하며 사는 하루하루를 몹시 고통스러워했다. 전 재산이 오가는 일이기에 사람들은 부동산 거래에서 자신의 인간성 가장 밑바닥까지를 서슴없이 보이곤 한다. 그 스트레스가 많은 수입보다 더 컸던 그녀는 결국 일을 그만두었다. 지금 그녀는 다시는 그 업계로 돌아갈 생각이 없다고 말한다.

"그렇게까지는 하고 싶지 않아요."

위에서 언급한 재무상담가는 내담자에게서 이런 말을 자주 듣는다고 한다. 그런데 그에 대한 그녀의 반응은 '그러니까 가난하게 사는 거지, 흥!'이 아니다. 오히려 그런 사람은 인위적으로 부자가 되려는 일에 기 쓰기보다 자신의 스타일대로 살아야 하고, 그런 삶도 충분히 가치 있다고 말한다.

인생의 절반 가까이를 살아내고 있는 우리가 부자의 길을 가고 있지 않다면 '그렇게까지는 하고 싶지 않았기 때문'이다. 살면서 돈에 관심이 없을 때는 없었지만 항상 돈보다 우선적으로 선택한 것들이 있었던 것이다. 사랑하는 가족, 자유로운 삶, 여가 시간, 여행, 좋은 옷을 사 입는 만족감…. 이런 모든 걸 포기하지 않고도 부자가 될 수 있는 방법은 단 두 가지뿐인데, 부자의 자식으로 태어나는 것과 복권에 당첨되는 것이다.

어찌 보면 우리는 우리가 바랐지만 가지지 못했던 것들에 대해 아쉬워할 이유가 없는 것 같다. 우리는 알고 보면 우리의 손에 닿는 것들 중 가장 좋아하는 것을 선택하며 살아온 결과로 지금의 삶을 살고 있는 것이다.

Money
Time
Family

SALE
NO!!!
아줌마
smile!
MY LIFE

SALE
MY LIFE
NO!!!
아줌마
smile!
NICE!
Attitude!

'아줌마'라는 말을 보이콧하다

유원지에서 딸과 함께 거리를 걷고 있을 때 한 무리의 청년들이 나를 불러 세웠다.

"아줌마! 저희 사진 좀 찍어주세요."

친절하게 사진을 찍어주고 돌아서 한참 걸어오는데 국수 삶는 물이 서서히 끓어 넘듯 화가 치밀어 올랐다.

"아니, 저것들이 누구한테 아줌마래? 사진 찍어주지 말걸!!!"

아줌마라는 말의 사전적인 의미가 '결혼한 여자'이니만큼 처지로만 따지자면 딱히 억울할 건 없는 일이었다. 그런데 나는 왜 그렇게 불쾌했을까? 이 나이에도 남들에게는 '아가씨'로 보이기를 바랐던 걸까?

젊을 때에는 아줌마라는 말에 기분이 나쁜 포인트가 명확했다.

'내가 나이 들어 보이나?'

하지만 이제 아줌마라는 말에 반응하는 내 마음은 보다 복잡해졌다.

아줌마는 원래 친척 어른을 뜻하는 말이고 나중에 의미가 확장된 것이지만, 어원이 어찌 되었든 용례가 문제다. 위키피디아에서는 'ajumma(아줌마)'를 '붐비는 지하철이나 버스에서 인파를 뚫고 자리를 차지하거나 팔을 잡아당기며 호객 행위를 하고 보험 들기를 강요하는 우악스러운 사람들', 또는 '몸빼 바지에 뽀글이 파마를 하고 고무신을 신은 전형적인 모습의 촌스러운 사람들', '가장 낮은 계층의 육체 노동자들'의 뜻을 함의하는 한국말이라고 정의하고 있다. 'ajeossi(아저씨)'가 단순히 '나이 든

남자', '젠틀맨'으로 번역되는 것과 대조적이다.

아줌마를 아줌마라고 했는데 왜 기분이 나쁘냐고 되묻기에는 그간의 쓰임새가 너무나 괘씸하다.

나는 그런 뜻으로 쓴 게 아니라고 항변하는 사람도 많겠지만, 암묵적으로 합의된 호칭이 아닌 이상 초면에 부르는 '아줌마'는 대개 경멸의 정서를 품고 있다. 같은 사람이라도 백화점에서 돈 쓸 준비가 되어 있을 때에는 '고객님'이나 '사모님'으로 불리지만, 운전하다 이면도로 교차로에서 맞닥뜨렸을 때는 대번에 '아줌마'로 불리는 걸 보면 알 수 있는 일 아닌가. 남편마저도 나를 놀리고 싶을 때나 내가 실수한 걸 탓하고 싶을 때 '아줌마'라고 불러 내 화를 돋우곤 한다. 그러니까 '아줌마'란, 많은 상황에서 완곡한 욕이다.

중년의 여자를 일반적으로 부르는 호칭이 팔 할의 경멸을 품고 있다니 고도 성장기를 거치면서 이 나라에 무슨 일이 일어난 건지 모르겠다.

이런 호칭의 애매함을 파고든 한 트로트 가수는 많은 중년 여성 팬들을 말 몇 마디로 사로잡았다.

"이 세상에 아줌마는 없어요. 오직 누나만 있을 뿐이죠."

여심을 잘 알고 공략한 덕분일까, 이 가수는 요즘 일본 중년 여성들에게도 상상을 초월하는 인기를 누리고 있다고 한다.

나는 의미가 바뀔 때까지 당분간은 '아줌마'라고 불리지 않기로 했다. 아줌마라고 부르는 사람에게는 대답하지 않거나 고쳐 부르게 하고 있고, 내가 기분 나빠할수록 신나서 '아줌마'라고 떠들어대던 철없는 남편에게도 진지하게 경고해두었다. 또래끼리 모이면 자조하듯 스스로를 아줌마라고 부르는 습관도 고칠 생각이다.

내가 이 말을 했더니 누군가가 '그럼 낯선 중년 여성을 불러야 할 때 뭐라고 하느냐'고 물었다. 따지고 보면 우리나라는 서양에서처럼 누구에게든 쓸 수 있는 무난한 호칭이 없다. 성인 여자이기만 하면 '맴ma'am', '마담madam', '세뇨라señora' 등등으로 부르면 되는 그들 문화가 부러울 때가 많다. 이런 호칭의 곤란함이 우리나라에만 있는 것은 아닌지 궁금해서 같은 질문을 중국인 친구에게 했다. 그랬더니 선뜻 대답을 못 하고 주춤하는 게 느껴졌다. 그녀는 잠시 후 이렇게 대답했다.

"중국에서 모르는 여자한테 길을 물어볼 일이 있으면 그냥 호칭을 쓰지 말고 '저기요(请问)!' 하고 부르세요."

생각해보니 그녀 말대로 낯선 누군가의 주의를 끌 때 꼭 호칭을 쓸 필요는 없다. 우리를 '아줌마'라고 부를 만한 사람들은 전부 우리를 딱히 무어라고 칭할 필요가 없는 사람들이다. 우리를 이미 아는 사람들은 각자의 관계대로 우리를 부르니 말이다.

아, 내가 유일하게 '아줌마'를 허락하는 집단이 있다. 바로 딸의 친구들이다. 그들이야말로 나를 칭할 마땅한 말이 없다.

딸이 막 초등학교에 들어갔을 무렵, 집에 자주 놀러오던 동네 꼬마는 아줌마라는 호칭을 쓸 줄 몰랐다. 그래서 나를 이렇게 불렀다.

"현진 엄마!"

딸의 이름이 현진이니 삼인칭으로 쓰면 딱히 틀린 것도 아닌 이 말이 막상 호칭으로 쓰였을 때의 당황스러움이라니. 서열과 수직적인 관계가 중요시되는 이 사회에서 역시 호칭이란 어렵고도 어렵다. 그렇기에 여러 호칭 중 굳이 가장 서열이 낮은 쪽인 '아줌마'를 택해 부르는 이들이 무뢰배로 여겨지기도 하는 것이다.

여자들의 자아가 커져가고 있으니 '아줌마'는 점점 더 조심스러운 호칭이 되어갈 것이다. 앞으로 '아줌마'가 사어(死語)가 될지, 아니면 '아저씨'와 정확히 대조되는 중립적인 쪽으로 의미가 변할지는 알 수 없지만 당분간은 보이콧이다. 아무런 역할 개념도 존중도 없는 그 호칭으로 불리기에는 우린 너무나 열심히 살았다.

이제 세상에서
영원한 조연으로 밀려나는 걸까?

오랜만에 텔레비전 채널을 돌리다가 드라마를 보게 되었다. 예전에 주로 비련의 여주인공 역으로 얼굴을 비쳤던 배우가 나오고 있었다. 잠시 극을 보다가 나는 충격을 받았다. 그녀는 실제 나이가 열 살도 채 나지 않는 젊은 배우의 엄마 역할이었던 것이다. 여전히 젊고 아름다웠지만, 그녀는 이제 주인공이 아니라 그저 '주인공의 젊어 보이고 아름다운 엄마'일 뿐이었다.

나이가 일정 경계를 넘어서면 바로 주류에서 밀려나는 게 일상인 문화계나 '연애 시장'을 지켜보며 예전의 나는 나이 드는 게 조금은 서글펐던 것 같다. 사실 세상의 모든 새로운 유행들은 아래에서 위로 올라간다. 젊은이들의 여러 실험적인 시도들 중

호응이 있는 것들은 유행이 되어 동세대들 사이에서 퍼져나가다가 윗세대에까지 전파된다. 동서고금을 막론하고 유행의 생성 과정이란 게 그렇다.

사람들의 인식 변화를 가장 먼저 주도하는 이들은 젊은이들이고, 사회를 돌아가게 하는 실제적인 힘도 그들에게 있다. 나이 든 이들은 시스템을 선점해 틀어쥐고 있을 뿐이다. 성공가도를 달려온 대기업 간부인 지인에게서 이런 말을 들은 적이 있다.

"젊은 사람들은 나중에 저처럼 되고 싶다는 말을 자주 하죠. 하지만 저를 부러워하지는 않아요. 저들도 알고 있거든요. 가진 게 없어도 자기들이 주인공이라는 걸요."

지금 모든 걸 부족함 없이 누리고 있지만 퇴장을 앞두고 있는 조연에 불과하다는 생각에 쓸쓸한 기분이 든다는 것이었다.

그런데 말이다, 꼭 주연일 필요가 있을까?

수십 년 전 영화나 드라마에서 주연만 도맡아 했던 미남미녀들 중 지금까지 일을 하는 사람들은 드물다. 하지만 내가 초등학생 때부터 조연이었던 배우들 중에는 지금도 왕성하게 활동하는 이들이 적지 않다. 좁은 피라미드 꼭대기에 위태롭게 서 있는 주연은 선망의 대상이기도 하지만 질투와 공격의 대상이 되기도 한다. 판타지의 대상이기에 그 환상이 깨지면 멱살 잡혀 끌려내려올 수밖에 없다. 하지만 조연은 다르다. 친근감이 있어서 사람들이 더 자주 보고 싶어 하고 부족함이 있어도 웃어 넘겨준다. 처음부터 주연이었던 사람보다 더 오래 자신이 좋아하는 일을 할 수 있다.

한때 주연이었던 사람들에게는 두 가지 선택의 길이 있다. 최대한 피라미드 꼭대기에서 버티다가 기력이 다해 맨 밑바닥으로 추락하거나, 적당한 때에 스스로 몇 계단 아래로 내려와 보다 넉넉한 곳에 자리를 잡거나. 몇 계단 아래의 피라미드에서는 첨탑 같은 꼭대기에서 볼 수 없었던 세상 풍경을 내려다볼 여유가 생길 것이다.

한때 모두가 주연이었던 우리는 이제 몇 계단 아래로 내려와 조연으로서의 삶을 즐길 때가 된 것 같다. 때가 되었는데도 주연 자리에 미련을 놓지 못하고 새로 올라오는 이들의 손마디를 밟아 떨어뜨리는 이의 모습은 추하다.

나는 삶의 횡단면에서 주연 사퇴를 한 요즘이야말로 내 삶 안에서는 주인공이 된 느낌이다. 타인의 기대와 시선, 무지와 부족한 판단력 등에 묶여 꼭두각시 주연으로 살아온 젊은 날에서 해방되어 내가 쓰는 대본대로 살아갈 수 있는 진짜 주연 말이다.

아줌마들은 왜
목욕탕에서 남의 몸을 훑어볼까?

이십 대 때 대중목욕탕에 가면 종종 좀처럼 이해할 수 없는 일을 겪곤 했다. 꼭 한 번은 내 벗은 몸을 빤히 보는 중년 이상의 아주머니들과 눈이 마주치는 것이었다. 무안하고 부끄러웠다. 보고도 못 본 척하는 게 예의인 곳에서 그런 노골적인 시선이라니! 하지만 다른 한편으로는 그 눈빛의 의미가 무엇인지 정말 궁금하기도 했다. 혹시 내가 아는 사람인가? 내 배가 너무 나왔나? 체형이 특이한가? 하지만 친구들에게 물어도 비슷한 경험들이 있는 것으로 보아 나만 겪는 일은 아닌 것 같았다. 그렇다면 왜?

차라리 그 대상이 이성이면 불쾌할지언정 이유라도 명확할 텐데, 성별이 같은 중년 여성들이 왜 그러는지는 모를 일이었다.

그런데 이제 내가 그 나이가 되고 보니 이유를 알겠다.

대중탕을 싫어하는 나는 따뜻하게 샤워할 수 있는 집에서 살게 되면서부터는 목욕탕이라는 곳에 거의 가지 않았다. 그러다 아이가 자라 워터파크에 가자고 조르기 시작하면서 그곳에 딸린 대중탕에 어쩔 수 없이 가게 되었다. 그런데 딸아이와 내 몸을 씻기 바쁜 와중에도 젊은 아가씨들의 몸에 저절로 눈길이 가는 것이었다. 다름 아니라 너무나 예뻐서였다.

오랜 세월 동안 조금씩 탄력을 잃어가고 있는 내 몸에 익숙해질 대로 익숙해졌기에 나는 젊은 여체가 어떻게 생겼는지 잊고 있었다. 내가 그 무렵일 때에는 그게 당연해서 얼마나 아름다운지 몰랐고, 필요한 살이 부족한 부위와 필요 없는 살이 넘치는 부위에 대한 불만만 있을 뿐이었다. 하지만 이제 시간이 흘러 그 또래 여자들의 몸을 보니 깜짝 놀랄 만큼 예쁜 것이었다. 통통하

면 통통한 대로, 마르면 마른 대로 한 사람도 빠짐없이 모두 예뻤다. 예전의 내가 그랬던 것처럼 그녀들이 불쾌할까 봐 저 혼자 돌아가려는 시선을 단단히 비끄러맸다.

그건 내가 잃어가는 것에 대한 질투도, 남의 나체에 대한 호기심도 아니었다. 아름다운 것에 대한 본능적인 경외감이었다.

여탕에서 목격되는 아름다움은 원초적이다. 화장을 하는 기술이나 옷에 대한 감각, 태도나 표정에서 나오는 아름다움 등이 수증기 속에서 소거된다. 온전히 조물주의 영역인 아름다움 앞에서 저절로 겸허해진다. 한때 나도 저렇게 아름다운 생명체였다는 게 뒤늦게 신기하고 감사하다. 그리고 저런 몸에서 이런 몸(?)으로 변하는 과정에 용케도 잘 적응해왔다는 생각이 든다.

노화가 하루아침에 이루어지는 일이 아니라는 게 얼마나 다행인지 모르겠다. 하루하루 아주 조금씩 재생되는 세포보다 죽어가는 세포가 많아지고 있지만 나는 쉽게 눈치를 채지 못하고 익숙해져간다. 그리고 등가교환이 이루어지듯 젊음의 싱그러움과 하나씩 교체되어 주어지는 장점들에 그런대로 만족하게 된다.

어느 날인가는 버스 안에서 여고생들이 주고받는 대화를 듣게 되었다.

"엄마들한테선 이상하게 좋은 냄새 나지 않냐?"

"맞아, 맞아. 엄마들 냄새 있어. 향수나, 샴푸 냄새 같은 건 아닌데, 뭔지 모르겠어."

"어? 나만 그런 거 아니었네? 나도 가끔 엄마 냄새 맡고 싶어서 엄마 꼭 껴안고 있을 때 있는데!"

그녀들이 말하던 '엄마 냄새'의 정체가 무엇인지 나도 잘 모르겠다. 하지만 이 나이에만 풍기는, 누군가를 편안하게 할 수 있는 체취를 가진다는 건 근사한 일 같다.

생물학적 전성기의 터질 듯한 아름다움이 지나간 자리에는 생각보다 많은 것들이 남는다.

할머니 옷을 탐하다

얼마 전 인터넷을 하다 여자들이 많은 한 익명 게시판에 옷 사진을 하나 올려봤다. 그즈음 내 눈에 예뻐 보이던 옷이었는데 남의 눈에도 좋을지 궁금해서였다. 그때 접속해 있던 사람들이 여러 의견을 올려주었는데, 대체적으로 옷에 대한 내 안목을 성토하는 내용이었다. 그 댓글들 중 하나가 기억에서 잊히지를 않는다.

'어디서 이렇게 할머니 같은 옷을 보고 오셨어요? 나중에 사십 대 되면 입으세요. ㅋㅋㅋㅋ'

한때 중년 여성들이 왜 중년 옷을 입고 할머니들이 왜 할머니 옷을 입는지 이해되지 않았었다. 젊은 사람들이 입는 브랜드에서 비교적 점잖은 옷들을 찾아 입으면 더 감각 있고 세련되어 보일 텐데, 왜 전형적인 그 나이대의 옷들을 사서 입는지 모를 일이었다.

그랬던 내가 최근 난관에 봉착했다. 언젠가부터 이삼십 대들이 많이 입는 브랜드의 옷들이 어울리지 않기 시작한 것이다. 아무리 얌전하고 무난한 디자인을 골라보아도 줄루 족 여인이 한복을 입은 것만큼이나 어색하다. 처음엔 몸이 전보다 불어서, 라고 생각했는데 그게 아니었다. 그냥 이제 어린 여성들과 옷을 공유할 수 있는 시기가 지난 것뿐이었다.

나이가 들어간다고 해서 고리타분하게 입기는 싫은데 상쾌한 디자인의 옷들이 내 육체에는 터무니없어지니 한동안 서글프고 혼란스러웠다.

그러다 얼마 전 시어머니와의 쇼핑 동행길에 새로운 패션 세계를 경험하게 되었다. 일흔 전후인 시어머니가 입을 만한 옷들은 대체로 내가 '할머니들 옷'이라며 거들떠보지도 않던 매장들에 몰려 있었다. 거기서 시어머니가 고른 코트가 의외로 예뻐 보여 한번 걸쳐봤다가 거울에서 새로운 내 모습을 본 것이었다. 체형을 보완해주는 여유 있는 재단과 반짝반짝 빛나는 좋은 소재의 옷을 입은 거울 속의 나는 젊은 층을 겨냥한 브랜드의 옷을 입었을 때보다 오히려 젊어 보였다. 물론 그 옷을 무작정 사

들고 나온 건 아니었다. 백화점의 할머니 옷들은 엄청나게 비쌌으니까.

다만 이제 이 얼굴과 몸을 받아들일 때가 되었다는 사실을 깨달은 건 내게 중요한 사건이었다. 그게 서글프거나 나쁜 게 아니라는 것, 나름의 또 다른 아름다움을 즐길 기준점을 찾았다는 게 기뻤다.

마흔 살 즈음의 여자는 어떻게 옷을 입어야 하느냐는 질문에 뷰티 컨설턴트인 한 지인은 단 한 문장으로 요약해주었다.

"최대한 기본 디자인으로 심플하게, 포인트는 액세서리로. 무엇보다, 비싼 옷일 필요는 없지만 소재는 고급으로."

새로운 옷 입기 원칙은 이 시기에 살아야 할 모습과도 닮았다.

난 얼마나 단순하고 고급스럽게, 그리고 가끔씩 화려한 방점을 찍으며 살고 있을까?

흰머리를 감추는 방법에 대하여

얼마 전 일 년에 두어 번 모이는 친구들과 수다를 떨다가 문득 전혀 생소한 화제들이 새로 등장했다는 것을 깨달았다. 이를테면 노안(老眼)이라든가, 흰머리 염색이라든가 하는 것들 말이다. 내색을 하지는 않았지만 그 자리에 모인 대부분의 친구들이 꽤 오래전부터 새치 염색을 정기적으로 하고 있었다는 사실은 내게 적잖이 충격적이었다. 머리카락이 늦게 세는 집안 내력이 있다는 걸 처음으로 의식한 것도 그때였다. 아흔인 외할머니조차 아직 반이나마 검은 머리를 간직하고 계신 게 떠올랐다. 하지만 그 자리에서 나한테 중요한 건 내 알량한 두피에 흰 터럭이 박혀 있느냐 아니냐의 문제가 아니었다.

내 멍한 머리를 온통 어지럽힌 건 나와 내 친구들이 이제 그럴 만한 시기에 이르렀다는 사실이었다.

일단 염색이 화제에 오르자 친구들은 그에 관한 나름의 노하우를 주고받기 시작했다. 어느 미용실이 머리카락을 상하지 않게 색을 잘 뽑는가, 실력에 비해 저렴한 미용실은 어디인가, 염색만 전문적으로 하는 곳이 있다더라, 차라리 좋은 염색약을 사서 집에서 하는 게 낫더라, 염색을 하기 전에는 머리를 감지 않는 게 좋다, 자라는 대로 뿌리만 염색을 하면 머리카락이 덜 상한다 등등 멀지 않은 미래에 내게 필요할 정보들이었다.

그중에서 꽤 흥미로웠던 것은 새치 염색이 방법에 따라 크게 두 종류가 있다는 것이었다. 어두운 염색과 밝은 염색. 흰머리는 일반적인 염료로는 염색이 잘되지 않기 때문에 짙은 색깔의 새치용 염료로 덮어버리는 게 보통이다. 그래서 젊어 보이려 애쓰는 정치인들의 머리가 숯 덩어리처럼 새까만 거다. 그런데 어떤 사람들은 완벽하게 흰머리를 가리려 하기보다 조금 더 자연스러운 방법을 택하기도 한다. 검은 머리를 밝게 염색해서 흰머리가 눈에 덜 띄도록 하는 일종의 착시 효과를 이용하는 것이다.

나는 흰머리에 대처하기 위해 선택하는 방법의 차이가 각자의 삶의 방식과 닮아 있다고 느꼈다.

어떤 사람들은 늙음을 보다 완벽하게 가림으로써 젊음을 모방

하려 한다. 짙은 화장이나 주름을 펴는 수술, 혹은 눈부신 보석 같은 것 말이다. 그런데 또 다른 사람들은 노화의 명백한 증거들을 무작정 가리려 하지 않는다. 젊은 생각과 태도, 감각 등을 꾸준히 충전해 그것들이 늙음을 희석시키게 만든다. 그런 사람들은 눈가에 부챗살 같은 주름이 있어도 묘하게 나이보다 젊어 보인다.

그렇다면 나는 어떤 방식으로 늙어갈 것인가?

나는 '앞으로 염색으로 내 흰머리를 감추지 않겠다'고 선언한 배우 조지 클루니를 본받을 생각은 없다. 세계에서 제일 섹시한 남자로 통하는 사람인데 머리털이 희든 검든 무지개색이든 무

슨 상관이겠는가. 그는 젊음을 초월하는 아름다움으로 늙음을 돌파할 생각인가 보다.

그냥 당분간 고집을 부리지 않기로 한다. 징글징글하게 새까만 정념으로 희미해져가는 것들을 덮어버릴 생각도 없고, 미숙한 젊음을 그대로 끌어와 나이 들어가는 내 옆에 붙들어두고 싶지도 않다. 자연스럽게 나이 들고 싶다. 그렇다고 오면 오는 대로 세월을 정통으로 맞을 생각은 더더욱 없다. 어떤 경우에든 '자연스럽다'는 것은 자연 그대로를 뜻하지는 않는다. 아마 조지 클루니마저도 염색을 제외한 온갖 방법으로 노화에 대처할 것이다.

당장은 하던 대로 잠이나 많이 자고, 콜라겐이 많이 들어 있다는 족발을 뜯고, 항산화 성분이 들어 있다는 커피를 마실 것이다. 내 좋은 대로 살다 보면 누군가 머리 좋은 사람들이 밝은 색으로도 흰머리 염색이 되는 염색약을 개발하거나, 유전자 조작으로 흰머리가 나지 않게 하거나, 텔로미어가 더 이상 짧아지지 않아 아예 세포가 노화를 멈추게 할 묘수를 발견하겠지.

아름다움과의 타협, 나는 어디까지인가

지하철에서였다. 출퇴근 시간을 피해서 탔는데도 자리가 없었는데, 앉아 있던 한 여성이 손짓으로 나를 불러 자기 자리에 앉겠느냐고 물었다. 자신이 내리면서 이왕이면 더 피곤해 보이는 여자한테 양보하려는가 보다 싶어, 고맙다고 인사하고 앉았다. 솔직히 다리가 너무 아파 깊이 생각해볼 여유가 없었다. 그런데 이 여성이 막 도착한 역에서 내리지를 않는 것이었다. 여성은 선 채로 나를 흐뭇하게 내려다보면서 수줍게 말했다.

"임신하신 분이라서 다행이에요. 혹시 오해해서 오지랖 떤 걸까 봐 걱정했거든요."

자리에 앉은 나는 아주 여러 가지 감정에 사로잡혔다. 미안함, 고마움, 민망함, 황당함, 자괴감 등등…. 서 있는 그녀 앞에 앉아

가면서 결코 편하지 않았지만 서로를 위해 그냥 임산부인 척 앉아 있었다. 속으로 내가 왜 임신한 것으로 보였는가를 생각했다. 진짜 임신했을 때에도 자리를 양보 받은 적이 없었는데 이제 내 몸이 나이 들어 그만큼 둔해진 건가 싶어 약간 서글펐다. 일단 집에 가면 입고 있던 펑퍼짐한 옷부터 버려야겠다고 결심했다.

얼마 후, 친구들과 모인 자리에서 이 비화를 털어놓았는데 그녀들이 입을 모아 이렇게 말하는 것이었다.

"좋은 거네. 네가 임신할 만한 나이로 보인다는 뜻이잖아."

그러고 보니 그런 것도 같았다.

이 나이가 되니 아름다움에 대한 기준이 알쏭달쏭해질 때가 많다. 상황불문 '젊어 보이는 게 예쁜 것'이라는 말에 동의하게 되어버렸다. 이삼십 대 때에는 인위적인 얼굴이 된 몇몇 여배우들을 반면교사 삼던 친구들이 누가 동안 시술로 효과를 봤다고 하면 앞다투어 병원 정보를 캐묻는 장면을 목격하게 된다. 이젠 자연스러운 게 아름다운 거라고 전처럼 단호하게 말할 수 없게 되었다.

나도 항상 윗세대를 보며 자연의 순리에 따르는 걸 아름답다고 생각했지만 막상 내 얼굴에서 젊음이 빠져나간 흔적을 보는 건 쉬운 게 아니다. 사십 대 여자라면 누구나 일정 정도 늙는 거라고 탈속한 듯 받아들이지만, 거울 속 저 중년 여자가 나라는 건 인정할 수 없다.

이렇게 될 즈음 일어나는 현상 중 하나가 매력적인 사오십 대 여배우들에게 열광하게 된다는 것이다. 그녀들을 보면 기분이 좋아진다. 이제 더 이상 여자로서 사는 건 포기해야 할 것도 같은데, 지금부터의 삶에도 아름다움의 여지가 남아 있다는 희망을 주기 때문이다. 전에는 중년 여배우 하나가 자신의 피부 관리 비결을 공개한 적이 있다. 아이크림을 바를 때 연약한 눈가 피부에 자극이 되지 않도록 가장 힘이 안 들어가는 약지 손가락으로만 마사지를 한다는 것이었다. 그 기사를 본 나는 코웃음을 쳤다.

"거참, 까다롭네. 손가락이 다 같은 거지, 약지 손가락으로 바른다고 생길 주름이 안 생기겠어?"

그런데 바로 그날 밤, 나는 약지 손가락으로 아이크림을 바르고 있는 자신을 발견하게 되었다. 오늘 아침에도 세수를 하고 그렇게 했으며 아마 내 손으로 얼굴에 뭔가를 바를 수 있을 때까지 그럴 것 같다.

물론 이십 년 전에도 어차피 그녀들과는 다른 차원의 외모로 세상을 살았으면서 지금 와서 그녀들과 나를 동일시하는 게 코미디 같긴 하지만 말이다.

젊음은 억지로 붙잡고 싶지도 않지만 마냥 떠나보내고 싶지도 않은 그 무엇이다.

그 자신이 엄청난 동안이기도 한 유명 뷰티 컨설턴트를 지인으로 둔 덕에 사십 대 여성이 최대한 젊음을 유지할 수 있는 방법이 뭐가 있겠느냐고 물어볼 수 있었다. 같은 질문에 답하는 잡지나 텔레비전 정보 프로그램 같은 곳에서는 도저히 따라할 엄두가 안 나는 요상한 것들 투성이라 비공식 발언을 전제로 핵심만 요구했다. 그랬더니 그녀는 '항상 입꼬리를 살포시 올리고 있으라'고 조언했다. 순간 혼자 아무 이유 없이 웃고 있는 실없는 모습이 떠올랐으나 그녀는 나를 진정시키고 거울을 보게 했다. 입꼬리를 살짝 올리고 있는 얼굴은 웃고 있는 게 아니라 온화한 무표정으로 보였다.

사람을 생기 없어 보이게 하는 것은 의외로 눈가의 주름 같은 것이 아니라 탄력 없는 턱 선이다. 입꼬리를 살짝 올리고 있으면 뺨의 근육이 긴장되면서 턱 선이 올라붙는다. 그것만으로도 최소 오 년은 젊어 보인다. 게다가 그런 표정이 습관이 되면 얼굴선이 처지는 것을 예방할 수도 있다고 한다.

나는 그 말을 듣고 입꼬리를 살짝 올리고 있는 표정을 내 무표정으로 삼겠다고 결심했다. 그러지 않을 수가 없었다. 하지만 이후 몇 달이 지났는데도 나는 어쩌다 생각이 날 때만 입꼬리에 힘을 준다. 오늘도 이 글을 쓰면서 처음으로 입꼬리를 올린 것 같다.

하지만 의식할 때만이라도 보다 젊은 얼굴을 하고 있다는 게 어딘가. 내가 십 년 후 또래보다 탱탱한 얼굴을 하고 있다면 이 표정 때문이리라.

나이 들수록
점점 아름다워지는 법

관록 있는 여배우가 주인공으로 나오는 영화를 봤다. 엔딩크레디트가 올라가고 상영관을 나온 후에야 나는 그 영화에 한창 미모가 절정이라는 아이돌 출신 여배우도 조연으로 나왔다는 사실을 알게 되었다. 하지만 영화를 함께 본 일행에게 그 말을 들은 이후에도 도대체 영화 어느 부분에서 그녀가 나왔다는 것인지 얼른 기억이 나지 않았다. 나중에 여주인공과 그녀가 함께 잡힌 장면들을 찾아보고 깜짝 놀랐다. 이제 나이가 적지 않아 미모가 이울고 있다는 여주인공의 강렬한 아름다움에 어린 미녀는 존재감을 잃고 있었다. 내가 알아보지도 못하고 기억하지도 못하는 데에는 이유가 있었던 것이다.

그런데 생각해보니 사람들에게 찬양받는 미모의 배우들 중에는 정작 생물학적 아름다움이 절정일 때 주목을 못 받은 경우가 적지 않다. 과거 사진을 보아도 나이 들어서보다 더 낫다는 느낌이 없다. 얼굴선에서 탄력이 빠져나간 게 보이는데도, 눈가에서 주름이 보이는데도 더 아름답다. 젊은 것이 곧 아름다운 것이라는 미의 공식에 어긋나는 그 차이를 만드는 것은 무엇일까?

이 질문을 받은 뷰티 전문가는 내게 이렇게 대답했다.

"애티튜드죠."

표정, 자세, 손의 움직임, 걸음걸이, 목소리, 말투 등등 모든 것들이 그 사람을 아름답게 보이게 하는 결정적인 요소라는 것이다. 종종 나이 든 여배우들이 젊은 여배우들보다 더 아름다워 보

이는 것은 숱한 연습과 경험으로 자신이 아름다워 보이는 애티튜드를 체화하기 때문이라고 한다. 데뷔 초기에 별다른 주목을 받지 못했던 마릴린 먼로는 자신의 장점을 분석해서 하루에도 몇 시간씩 거울 앞에서 시간을 보내며 표정을 연습했다고 한다. 먼로 특유의 나른하고 허스키한 목소리도 피나는 연습의 결과였다. 원래 그녀는 높은 톤으로 발랄하게 말하는 편이었다고 한다.

그러고 보니 내가 알고 있는 중년의 매력녀들은 약속이나 한 듯 오랫동안 의식하고 훈련해온 행동 양식을 한두 가지씩 갖고 있었다. 한 선배는 자신의 무표정한 얼굴이 유난히 사나워 보인다며 항상 미소를 짓고 있기로 했는데, 이제 혼자 있을 때에도 마애삼존불상의 미소를 유지할 수 있는 경지에 이르렀다고 한다. 나이보다 한참 어려 보이는 한 후배는 쩌렁쩌렁 성량 좋은 목소리를 조절해서 나직이 말하고 자세를 항상 곧게 하려고 신경 쓴다고 한다. 이십 대 시절 쇼핑몰에서 팔자걸음으로 걸어오는 여자의 실루엣을 보고 참 못났다고 생각했다가 그게 거울에 비친 자신의 모습이었다는 걸 알게 된 이후로 매력적인 걸음걸이를 정복한 친구도 있다.

애티튜드의 힘은 이전에 내가 예상하고 있던 것보다 큰 것 같다. 우리가 흔히 '아우라'라고 부르는 것들이 이 애티튜드에서 나오는 것이며 단 한 컷의 사진으로도 느껴질 만큼 직관적인 것이기도 하다. 전에 읽은 한 인터뷰에서 기자가 자신이 직접 만난 슈퍼모델 중 가장 아름다운 사람은 나오미 캠벨이라고 했는데, 그녀가 표정을 짓고 움직이는 모습을 보면 누구라도 자기 말에 동의할 거라고 했다. 눈앞에서 움직이는 나오미 캠벨을 본 적은 없지만 그녀가 독보적인 걸음걸이로 그 자리에 오른 것이라는 사실을 감안하면 충분히 납득이 가는 일이다.

자신이 매력 있는 사람이라는 자신감을 갖는다는 것 그리고 몇 살이 되건 매력을 포기하지 않는다는 건 근사한 일이다. 꼭 남녀관계가 아니라고 해도 매력은 삶의 전반에 엄청난 영향을 끼친다. 매력 있는 사람들은 자신이 하는 일도 더 잘해낼 가능성이 크다. 내 주장이 아니라 전 세계 심리학 연구자들이 내린 결론이 그러하다.

지인의 어머니 중 육십 대 후반인 지금까지 본인 사업을 하시는 분이 계신데, 아버님이 돌아가신 이후 좀 가졌다 싶은 할아버지들이 끊임없이 구애한다는 소문이 자자했다. 기회가 되어 만난 적이 있는데 예상과는 다르게 수수한 외양의 자그마한 할머니였다. 하지만 그녀와 한 시간여 대화해본 결과, 누구라도 반하지 않고는 못 배기겠다는 확신이 들었다. 품위 있으면서도 여성스러운 말투와 목소리가 압권이었고, 꼼꼼하지만 서두르지 않는 움직임, 곧은 자세 등이 천생 여자였다. 예상컨대 그녀 역시 오랜 세월 애티튜드를 다듬었을 것이다.

이 글을 쓰면서 나도 뭔가를 시작해보기로 결심했다. 우선 글을 쓸 때 모니터에 얼굴을 처박는 구부정한 자세부터 어떻게 해볼 생각이다. 중장년 특유의 보폭이 짧고 종종거리는 걸음걸이로 걷지 않도록 눈을 부릅뜨고 내 발등을 지켜보겠다. 말할 때 미간을 찌푸리는 습관을 어찌해볼 수 있는지도 알아볼 것이다.

그러다 보면 수십 년 후 나는 사방 삼 킬로미터 내에서 가장 매력적인 육십 대 작가가 되어 있을지도 모른다. 노욕이 드글드글한 영감들이 아닌 내 자신을 매혹시키고 싶다.

신발이 나이를 말해준다

사람들이 소비를 하는 방식은 아주 여러 가지이고, 나는 매춘과 도박, 마약 외의 소비에는 대체로 존중과 공감을 하는 편이다. 그런데 슈어홀릭이 유행할 때조차 신발에 거액을 쓰는 것만은 쉽게 이해하지 못했다. 우선 구두는 뭘 신더라도 새것은 발이 아프다. 내게 새 구두란 예쁜 고문 도구일 뿐이다. 게다가 구두는 가방이나 다른 액세서리와 달리 급속도로 더러워지고 망가진다. 그래서인지 구두는 길들여서 발이 편한 것 몇 개면 충분하고 옷차림에서 상대적으로 중요하지 않다고 여겼다.

그랬던 내가 구두에 대한 책을 쓰고 사람들의 입성에 관심을 가지게 되면서 구두가 그 사람 전체를 말해준다는 것을 알게 되었다.

신발은 참 신기한 패션 소품이다.

누군가와 만나면 그 사람이 어떤 옷을 입었는지 혹은 어떤 가방을 들었는지는 눈에 띄지만 어떤 신발을 신었는지는 잘 보이지 않는다. 그런데 헤어지고 나서 그 사람이 어떻게 옷을 입었는지를 생각해볼 때 전체적인 인상을 결정하는 건 바로 신발이다.

익명으로 활동하고 있는 유혹 전문가(?) 지인에게서 남자를 유혹하고 싶으면 무조건 하이힐을 신어야 한다는 말을 들은 적이 있다. 자신에게 어울리든 말든, 유행이든 아니든 무조건 하이힐이어야 한다고. 하이힐 하나만으로도 '매혹적인 여자'라는 정체성을 갖게 되는 것이다.

한번은 지하철에서 내 나름의 작은 실험을 해본 적이 있다. 반대편 의자에 앉은 사람들의 신발만 보고 그 사람이 어떤 이미지일지 상상해본다. 그러고 나서 나중에 사람들의 모습을 보고 내가 예상했던 이미지와 비교해보는 것이다. 결과는 신발로 예상한 이미지와 진짜 모습이 대략 일치한다는 것이다. 비싼 신발이냐 그렇지 않은 신발이냐의 문제가 아니다. 스펀지 굽의 간편화를 신은 사람이 젊고 세련된 여자일 확률은 희박하고, 앞코가 날렵한 가죽 구두를 신은 남자가 고시생 같은 타입일 리 없다. 애매한 길이의 부츠를 신은 사람은 전체적인 분위기도 애매하다. 이런 옷엔 이런 신발, 하는 공식이 있다기보다는 그런 종류의 신발을 신는 사람이 가지는 자기표현 의식이 따로 있는 것으로 보인다.

신발은 그 사람이 추구하는 이미지를 은근하지만 강력하게 표현한다. 청바지에 사파리 재킷을 걸쳤어도 섹시한 샌들을 신으면 섹시한 차림이 된다. 정장을 입었더라도 운동화를 신는다면 발랄한 차림이 된다. 신발이 이렇게 중요한 줄 일찍 알았더라면 젊은 시절 그렇게 어처구니없는 모습은 아니었을 거라고 생각하니 아쉽다.

이처럼 신발에 따라 사람의 전체적인 느낌이 결정되는 만큼, 무엇을 신었는가에 따라 나이 느낌도 달라진다. 나는 마흔을 넘기면서 신발 선택이 점점 더 어려워진다고 느끼고 있다.

일단 일 초 만에 사람을 근사하게 변신시켜주는 하이힐은 포기했다. 무릎관절이 예전 같지 않기 때문이다. 걸을 때마다 몸을 긴장시키는 스틸레토 힐, 즉 송곳처럼 뾰족한 굽의 구두도 체력이 저하된 나를 피곤하게 한다는 이유로 신발장에서 퇴출됐다. 지금 신발장에 남아 있는 것은 통나무처럼 안정된 굽에 발목을 단단히 지탱해주는 길고 짧은 부츠들과 발등을 감싸는 샌들, 그리고 운동화가 대부분이다. 온전히 구두라고 할 수 있는 형태의 신발은 공식 행사용으로 한두 켤레가 있을 뿐이다. 그래도 내가 불편하지 않은 범위 내에서 시대에 크게 뒤처지지 않게 신으려고 신경 쓰고 있다. 옷은 젊은이들과 같은 것을 입으면 오히려 더 나이 들어 보이거나 초라해 보이기 쉽지만 신발은 그렇지 않기 때문이다. 눈에 띄지 않으면서도 알게 모르게 외모 나이를 낮춰주는 게 신발이다. 이 말을 못 믿겠다면 한번 주변 사람들을 관찰해보라. 옷을 대충 주워 입은 것 같은데도 어딘지 젊어 보이는 중년들의 공통점이 신발이라는 것을 알게 될 것이다.

이 말을 듣고도 지하철역 상가 폐업 세일장에서 오천 원짜리 스펀지굽 신발을 사 신고 싶은 생각이 든다면 이미 안팎으로 돌이킬 수 없을 만큼 나이가 든 것이다. 세월에 대한 온전한 순응이다.

그러나 이렇게 말하고 있는 내가 요즘 신고 있는 신발을 내려다볼 때마다 드는 생각은, '디자인이고 뭐고 좀 깨끗이 닦기나 했으면' 드는 것이다. 외출에서 돌아오면 지쳐서 현관에 벗어 던져두고는 그 존재를 말끔히 잊었다가 또 나갈 때면 시간에 쫓겨

헐레벌떡 발에 꿰어 신는다. 신발을 닦을 틈이 없다. 신발이 더러운 것도 노화 현상의 하나로 여겨야 할지는 모르겠지만 일단 기억해낸 김에 신발이나 닦으러 가야겠다. 이건 흔히 있는 기회가 아니다.

후회 없이
삶을 사는 비법

세상 사는 요령이 뛰어나거나 순발력이 있는 것도 아닌 내가 남부럽지 않게 잘하는 것이 있다. 스스로 그다지 마음에 들어 하지 않는 성격으로 평생을 살아왔는데도 이 점만은 자랑스럽다. 그것은 '후회 없는 삶을 사는 것'이다. 정말이다. 누군가 내게 살면서 후회되는 일이 무엇이었느냐고 묻는다면 나는 후회되는 일이 없다고 대답할 것이고, 진심으로 그렇게 생각한다.

여기서 후회 없이 인생을 사는 비기를 공개하려고 한다.

그건 바로 '후회하지 않고 사는 것'이다.

생각해보면 단 한 번도 똘똘한 선택을 하고 살았던 적이 없는 것 같다. 늘 더 나은 선택의 여지가 있었는데도 나는 어김없이 부실한 쪽을 귀신같이 골라내 떠안고 살았다. 지금 이 글을 쓰고 있는 것부터가 실은 어리석은 선택의 결과다. 당장 생계가 지상 과제였던 집의 장녀가 돈 벌 일이 요원한 글쓰기를 업으로 삼고 나섰으니 얼마나 어이없는 일인가. 결혼도 마찬가지였다. 군 복무 중이어서 앞날이 보이지 않는 남자의 구애에 훌렁 넘어가 생각지도 않던 이른 시기에 식을 올렸다. 이후로도 끊임없이 어처구니없는 선택을 했고 혹독한 대가를 치렀지만 한 번도 후회를 해본 적은 없다.

후회를 안 하는 것은 그 선택을 내가 능동적으로 하고 결과에 책임을 질 때에만 가능하다.

'누구를 원망하겠어. 내가 내 발등을 찍었는데. 이왕 이렇게 된 거 열심히 잘해보지, 뭐.'

대략 이런 식으로 살다 보니 일은 돌고 돌아 결과적으로 내가 좋은 선택을 한 모양새가 되어갔다. 터무니없는 꿈을 꾸던 나는 하고 싶은 일로 밥벌이를 하는 축복 받은 삶을 살고 있고, 반백수였던 남편도 지금은 안팎으로 제법 자랑할 만하다. 일찍 한 결혼과 출산으로 자유도 남들보다 일찍 찾았다. 굳이 남들한테 권하고 싶지는 않지만 내 나름대로는 좋은 선택들이었던 걸로 모든 게 갈무리되고 있는 셈이다.

인간으로 태어난 이상 후회할 일을 만들지 않는 건 불가능하다. 백 살이 되어도 안 될 것이다. 하지만 후회하지 않는 건 가능하다. 후회하지 않고 내가 저질러놓은 일들에 대해 무엇을 하고 무엇을 하지 말아야 할 것인가만 생각하는 게 후회 없는 삶을 사는 비법일 것이다.

잘난 척 이야기하긴 했지만, 사실 이런 건 이 무렵의 진짜 어른들이라면 다 깨닫고 있는 것들이다. 결국 태도의 문제이며, 과거보다는 현재에 관심을 두는 것이 삶의 질을 높인다는 것은 지금부터라도 다시 복습해 평생을 곱씹고 다짐해야 할 일이다.

가족과 대화를 해보거나 옛 일기장을 들춰보면 기억이라는 건 믿을 게 못 된다는 것을 확인하게 된다. 기억은 사실과는 상관없이 내 의식이 편하게 여기는 방향으로 편집된다. 그런 면에서 인간의 기억력이란 기록이라기보다는 내 정체성의 체계라고 하는 편이 나을 것이다. 그렇다면, 인생에 했던 내 모든 선택들이 '잘한 일', '안 했다면 큰일 났을 뻔한 일'이 된다면 지금부터의 삶도 훨씬 가치 있는 일이 되지 않을까? 지금 이 순간 내가 하고 있는 모든 선택들이 좋은 결과를 위한 운명적이고도 필연적인 과정이 될 테니까.

야식은 안 먹기로 해놓고 기어이 양념치킨을 주문한 오늘 밤의 선택조차도 말이다.

HAPPY!!!
CHICKEN
Coke

행복은 전쟁이다?

얼마 전 우연히 한 의류 브랜드의 패밀리세일 소식을 들었다. 그렇지 않아도 요사이 옷장에 옷이 한 벌도 없는 것처럼 느끼고 있던 나는 동네 친구들을 수소문해 그 회사 직원 가족을 찾아냈고, 관심도 없던 다른 친구들까지 들쑤셔 함께 행사장에 갔다. 회사에 월차까지 낸 친구도 있었다. 그랬는데 웬걸, 그 회사의 '패밀리'들이 그토록 많을 줄은 미처 몰랐다.

행사장은 많은 인파로 북새통이었고 사실상 대부분이 그저 그런 철 지난 옷들인 옷더미 속에서 맘에 드는 옷을 찾아내는 건 고역이었다. 그뿐만이 아니었다. 계산대에는 사람들이 너무 몰려 겨우 고른 옷을 계산하는 데에만 몇 시간이 걸렸다.

나는 피로가 그득한 동행들의 얼굴을 볼 낯이 없었다. 집이나 회사에서 평화로운 일상을 보내고 있었을 그녀들을 옷이 산처럼 쌓인 지옥으로 끌어들인 건 다름 아닌 나였으니 말이다.

죄책감에 괴로워하던 내가 반전 상황을 겪은 건 그다음 날이었다. 전날 세일 장터의 전쟁을 온몸으로 겪었던 그녀들이 행사장에 다시 가자고 한 것이었다. 전날 골라온 폭탄 세일 옷들이 집에 와서 다시 보니 참 좋더란다.

"힘들었지만 참 재밌었어."

그녀들이 입을 모아 한 말이었다. 알고 보니 그녀들은 나를 원망하는 게 아니라 내심 고마워하고 있었다.

어쩌면 그날 옷을 싸게 사서 아낀 돈의 가치는 우리가 감내한 육체적 노동에 비하면 별것 아닐 수도 있다. 많게는 구 할까지 에누리를 해주는 옷들 속에서 실한 것을 찾아내고야 말겠다는 목표가 아드레날린을 솟구치게 했고, 드디어 괜찮은 옷들 몇 벌을 손에 넣었을 때 도파민 호르몬이 분비된 것일 테다. 아드레날린이 활력을 느끼게 하고, 도파민이 쾌감을 느끼게 한다는 걸 고려하면 그날 우리는 분명 '행복했던' 셈이다.

보통 행복은 고요한 일상에서 햇볕이나 쪼이는 장면으로 묘사되곤 한다. 아무 일도 일어나지 않는 평화로운 일상이 곧 행복이라고들 생각한다. 이건 전쟁터가 따로 없었던 할인 행사장과는 거리가 멀어도 한참 먼 풍경이다. 하지만 진화론적인 관점에서 보면 사람은 아무 일도 일어나지 않는 평화 속에서 행복을 느낄 수 있는 존재가 아니다. 사실 인간이 느끼는 행복감이라는 건 무언가 새로운 것에 도전할 때 뇌가 주는 선물이다. 그 선물 덕에 끊임없이 변화하는 환경 속에서 인류라는 종(種)을 존속시킬 생존의 대안들을 찾아낼 수 있었던 것이다. 그러니까 우리가 행복하기 위해서는 맹렬하게 다가갈 목표가 끊임없이 필요하다. 그날 우리의 목표였던 '싸고 쓸 만한 옷'처럼, 아주 사소한 것일지라도 말이다.

젊음에서 점점 멀어질수록 삶이 요동치는 고통은 줄어들지만 이젠 스무 살 때 느끼던 종류의 행복은 느끼지 못한다. 새로운 것들, 이루어야 할 목표들이 점점 줄어들고 있기 때문이다. 해야 할 일들은 산더미지만 그게 진정한 나의 목표는 아니다.

이제 의무에 파묻혀 질식하기 전에 작더라도 나만의 목표를 찾아야 할 때다. 이걸 깨달은 사람들은 악기나 춤, 요리, 혹은 사진 찍기 등을 배운다. 그들은 목표를 이루는 사소한 전환점에서마다 행복이라고 불러도 좋을 감정을 느끼게 된다.

최근 나를 행복하게 해주었던 목표는 가족이 한 벌씩 걸치고 다니는 옷이 되어 성취의 추억을 되새기게 해주고 있다. 이제부터는 신용카드 청구 비용이 덜 나올 만한 목표를 찾아봐야겠다.

집 안에 내 자리가 없을 때

집과 일터가 구분이 안 되는 내 직업의 특성과 더러움에 대한 남편의 강력한 내성 때문에 사실상 나는 가사분담에 실패했다. 의도적으로 남편을 집안일에 참여시키는 간헐적인 이벤트(?)를 제외하고 집안일은 거의 내 몫이다.

저녁을 준비하고 먹고 뒷정리를 하는 일련의 과정들은 몇 시간 동안의 몰입을 필요로 한다. 저녁을 먹은 직후 나른해져 소파에 몸을 부리고 싶을 때 무작정 쉬어버리면 부지불식간에 그 자세로 자정을 넘기게 되고, 나는 다음 날 저녁까지 음식물 찌꺼기 냄새를 맡으면서 일을 해야 하는 난감한 처지가 된다.

그래서 다른 식구들이 저녁을 먹고 소파로 직행할 때 나는 주방으로 간다. 그렇게 한참을 서서 물일을 하고 뻐근해진 허리와

다리를 쉬고 싶어 거실로 향하는데, 그럴 때마다 눈에 들어오는 거실 풍경은 나를 멈칫하게 한다.

기역 자로 생긴 카우치 소파에 남편과 딸이 생긴 그대로 기역 자로 누워 있다. 본래 사 인용으로 나온 소파를 두 사람이 쓰고 있는데도 내가 앉을 자리가 없는 것이다. 텔레비전이나 태블릿 PC 등에 정신을 팔고 있는 그들은 앞에서 서성이는 내 존재를 의식하지 못한다. 내가 앉을 자리를 염두에 두지 않은 그들의 자세는 너무나 빈틈이 없어 보여서, 비켜달라 해도 편히 앉을 만한 자리가 날 것 같아 보이지 않는다. 일과를 마친 가족과 한 공간을 공유하고 싶은데 그 공간은 이미 만석이다. 잠깐이지만 그 순간 나는 몹시 외로워진다. 어쩐지 세상 어디에도 내 자리는 존재하지 않는 것만 같은 기분이 든다.

얼마 전까지 외로움 앞에서 내 대처 방식은 졸렬했다. 또 다른 집안일을 찾아 하릴없이 배회하는 집 안의 방랑자가 되거나, 침실로 들어가버리거나. 내 기분을 말하기는 싫지만 조금은 눈치채주기를 바랐다. 그렇지만 이제까지의 내 경험대로, 말하지 않는 것을 알아채는 가족이란 흔치 않으며 내 가족은 흔한 부류였다. 더구나 내가 느끼는 기분이란 말해도 알아먹을 턱이 없는 미묘한 것이었다.

그러다 하루는 집안일을 끝낸 후 몸이 너무나 피곤했다. 당장 소파의 안락함이 필요했고, 그날 나는 무슨 생각이 들었던지 기역 자로 누운 그들 사이에 몸을 던지고 퍼져 앉았다. 순간 양쪽에서 비명소리가 터져 나왔다. 내 엉덩이에 다리나 머리가 깔린 가족들은 이내 몸을 움직이고 다리를 접으며 내가 앉을 자리를 만들어냈다. 내가 끼어들 틈이 없다고 생각했던 공간에 실은 자리가 있었던 것이다. 가족들과 살을 맞대고 자리다툼을 하며 난 어느덧 그들과 함께 시시덕거리고 있었다.

결혼을 해도, 가족들이 있어도 외롭다는 것은 많은 사람이 공감하기를 거부하는 진실이다. 결혼해 산다는 것은 외롭지 않다는 게 아니라 외로움에 대처하는 방식이 다르다는 것을 의미한다. 나는 매일의 저녁 식사 후 느끼는 외로움에 대처하는 법을 찾아냈다. 소외되었다고 연민에 빠지지 않고 그들의 품속으로 일단 뛰어드는 것이다. 이해나 공감이라는 어려운 과정이 없더라도 살을 부비고 같은 공기를 숨 쉬는 과정에서 말로는 쉽게 설명할 수 없는 연대감이 생긴다. 그게 어쩌면 근본적인 외로움에도 불구하고 사람들이 굳이 가족을 만드는 이유가 되기도 하는 것이리라.

그날 이후로 나는 우아한 자기연민이나 자존심 따위 내려놓고 그냥 비키라고 윽박지르거나 깔고 앉아 – 얌전히 말하면 듣지 못한다 – 내 자리를 만들었다.

요즘에는 더 좋은 방법을 찾아냈다. 안락의자 하나를 더 장만한 것이다. 이제 저녁 일과를 마치고 자연스럽게 내 의자로 가 먼저 쉬고 있는 가족들 옆에 앉는다. 여전히 종종 나는 외롭지만 이내 극복한다. 뻔뻔하고 의연하게.

나이로 대접받고 싶어 하는 건
초라하게 나이 들고 있다는 증거다

고속도로를 달리다가 재미있는 초보 운전 스티커를 달고 가는 차를 본 적이 있다.

'난 이미 틀렸어. 먼저 가!'

운전하다가 사고가 날 뻔할 정도로 웃었다. 이건 주로 전쟁 영화에서 부상을 입은 병사가 차마 그를 낙오시키지 못하는 전우에게 날리는 비장한 대사 아니던가. 초보 운전이라 빨리 가지 못하니 알아서 추월해가라는 메시지를 재치 있게 전달한 것이다. 그날 차 안에 같이 있던 사람들 누구도 초보 운전자의 답답한 운전에 스트레스 받지 않고 유쾌하게 웃었던 기억이 생생하다. 이후로 그 문구의 초보 운전 스티커가 인기를 끌게 되었는지 이제는 길에서 어렵지 않게 볼 수 있게 되었다.

얼마 전 이면도로에 있는 정류장에서 버스를 기다리는데 잠깐 정차해 있는 승용차 안에서 대화 소리가 새어 나왔다. 안에 타고 있는 사람들이 흡연을 하느라 창문을 열고 있었던 데다, 대략 오륙십 대인 그들의 목소리가 컸다.

"저 앞에 서 있는 차에 뭐라고 적혀 있는 거야? 초보 운전이라 붙인 것 같은데?"

"'난 이미 틀렸어. 먼저 가!' 그렇게 씌어 있는데?"

"아니, 저런 싸가지 없는 것들 같으니라고! 어디서 반말이야?"

"그러게 말야. 세상 말세야, 말세."

"요즘 젊은 것들은 너무 막 나가는 거 아냐?"

그들이 기다리고 있던 일행이 물건을 사고 돌아와 뒷좌석에 탈 때까지 앞차의 건방진(?) 문구에 대한 격앙된 성토는 계속되었다. 그들이 떠난 후 나는 그 문구의 어느 부분이 그리 무례한 건가에 대해서 진지하게 고찰해볼 수밖에 없었다. 인터넷을 즐겨 하지 않는 세대라 할지라도 전쟁 영화나 느와르 영화의 저 클리셰에는 적지 않게 노출되었을 것이다. 조금만 유추해보면 공감하고 이해할 수 있는 유머인데도 그들에게는 속뜻이 중요하지 않았다. 왜냐하면 정중한 존대어로 나이 지긋한 그들을 대접해주지 않았기 때문이었다.

'저는 틀렸사오니 먼저 가시옵소서.'

그들 기준에서는 연장자가 볼 수도 있는 초보 운전 문구라면 이 정도 예는 갖추었어야 했다. 원문이 전달하려 했던 뉘앙스 따위는 중요하지 않다.

며칠 전 나는 이와 비슷한 상황을 직접 겪게 되었다.

나는 SNS에서 내 게시물에 댓글로 말을 걸어오는 사람들에게 대체로 친절하게 댓글을 적는 편이다. 한번은 누군가가 이런저런 질문을 해오기에 지나치지 못하고 일일이 대답을 해주었다. 그랬더니 마지막으로 달린 답변이 일장 훈계였다. 내가 무례해서 기분 나쁘다는 내용이었다. 그런데 내가 쓴 문장을 아무리 살펴보아도 무례하다 느낄 만한 지점이 어디인지 짐작할 수가 없었다. 요즘 같은 세상에 SNS에서의 실수는 불필요한 구설에 오를 수 있는 것이기에, 지인들에게 보여주며 내가 깨닫지 못한 잘못을 말해달라 부탁했다. 하지만 그들도 오리무중인 것은 마찬가지였다.

결국 한참 만에 여러 머리를 모아 내린 결론은 이거였다. 자신이 나보다 나이가 많은데 '선생님' 같은 존칭을 달지 않고 댓글을 썼다는 것. 그는 나이, 성별, 국적을 초월해 소통하게 해놓아 호응을 얻고 있는 SNS를 이용하면서도 그 와중에 극진한 연장자 대접을 받고 싶었던 것이다. 그런데 더 황당한 사실은 그 자신은 프로필에 얼굴과 자신의 신상 정보 일체를 올리지 않아 나이를 알 수 없게 해놓았다는 것이었다. 얼굴을 내걸고 소통을 하는 것이 취지인 그 공간의 기초적인 예의조차 지키지 않은 것은 그 자신이었다.

미국의 커뮤니케이션 전문가 레일 라운즈는 '웨이터의 법칙'이라는 용어로 성공한 사람들의 대인관계를 설명했다. 자신이 관찰해보니 사회적 지위가 높고 용인술이 좋은 CEO일수록 웨이터에게 대접받으려는 태도가 덜하더라는 것이었다. 웨이터들을 함부로 대하고 그들에게서 대접받으려는 사람들은 자신이 우위에 있다고 여길 때 누구든 함부로 짓밟을 사람이므로 가까이하지 말라는 조언도 덧붙였다. 손님이라는 입장 외에는 내세울 것도 없고 인품도 성숙하지 못한 사람들이 그런 행동을 하는 것이니 일리 있는 조언이 아닐 수 없다.

나에게는 오로지 나이 하나로 대접 받고 싶어 하는 사람들도 웨이터에게 함부로 하는 사람들과 다름없어 보인다.

살아온 세월 동안 나이 먹은 것 외에는 그 어떤 우위도 점하지 못했고 그 자신의 가치만으로 남에게 존중받을 만한 점이 없으며 타인의 입장을 헤아릴 아량조차 갖추지 못한 사람들이 오로지 나이만으로 대접받고 싶어 하는 것이다.

사실 나이만으로 대접 받으려는 그 태도 자체가 육체는 물론 뼛속 깊숙이까지 노화가 왔다는 증거이기도 하다. 나는 또래보다 젊게 사는 중년들을 많이 알고 있는데, 그들의 예외 없는 공통점이 나이를 벼슬 삼으려는 행동을 보이지 않는다는 것이다. 그럴 수밖에 없는 것이, 그들은 자신의 나이 자체를 그다지 인식하지 않는다. 자신의 삶과 성장, 자아에 집중하느라 나이 세고 있을 틈이 없다. 그래서인지 이런 사람들에게서는 재미있는 공통점이 발견된다. 나이를 물으면 몇 살이다 빨리 말하지 못하고 태어난 해의 연도로 대답을 대신하는 것이다. 나이를 자주 세지 않거나 잊어버려서 즉시 대답을 할 수 없어 그렇다.

나이 먹는 것은 죽자고 싫어하면서 해마다 자신의 나이를 꼬박꼬박 헤아리며 나이대접을 챙기는 건 모순이다. 내적인 모순을 품은 채 날마다 새로워지는 세상과 소통하기를 거부하는 사람들은 실제로 몇 살이건 이미 폭삭 늙은 것이다.

시간의 흐름에 의연히 동행하는 것과 세월에 매몰되는 것은 엄연히 다르다. 난 나이로 대접받지 않고 나 자체로 존중받는 사람이 되기 위해 노력하는 것으로 나이 듦의 방향을 정했다.

아끼다
똥 된다?

좀처럼 그릇을 사지 않는 내가 비싼 머그컵을 샀다. 지난 블랙프라이데이에 나도 뭐라도 사야 할 것 같아서 다들 싸게 나왔다고 하는 것을 한 세트 사봤다. 나는 귀가 얇은 편이다.

새 머그컵이 도착한 이후 나는 이전에 쓰던 것들을 싹 정리했다. 주로 은행이나 새로 오픈한 식당, 카페 등에서 사은품으로 받은 것들이었다. 새 머그컵으로 물도 마시고 커피도 마시고 하는 모습을 본 가족들이 놀라 물었다. 그거 손님들 왔을 때나 써야 하는 거 아니냐고, 그렇게 마구 쓰다 깨뜨리면 어쩔 거냐고. 그때 나는 그들의 걱정을 한 마디로 일축했다.

"아끼다 똥 된다!"

어감이 좀 불편하지만 난 이 강렬하고 함축적인 속담을 대신할 금언을 아직 찾지 못했다. 생각과 나이가 쌓이면서 '아끼면 똥 된다'는 내 신조가 되었다.

음식이 생기면 가장 맛있는 것부터 먹고, 마음에 드는 옷을 사면 동네 편의점 갈 때도 입는다. 레스토랑 상품권이 생기면 따로 특별한 날을 기다리지 않고 되도록 빨리 예약을 잡는다. 좋은 화장품을 선물 받으면 되도록 신선할 때 즉시 쓰기 시작한다. 선물 받은 값비싼 향수조차 외출할 때뿐 아니라 침대나 화장실에 기분 날 때마다 팍팍 뿌린다.

이 반대로 하다가 낭패를 본 적이 한두 번이 아니기 때문이다. 맛있는 걸 나중에 먹으려고 아껴두었다가는 상하거나 남에게 선수를 뺏겨 맛도 못 보기 일쑤고, 예쁜 옷을 특별한 외출에만 입으려다가는 유행이 지나 집 앞에도 차마 못 입고 나가는 비극이 벌어지기도 한다. 더구나 옷은 입지 않아도 시간의 흐름만으로 스스로 상한다. 레스토랑 상품권을 아껴두다가 잊어버려 유효기간을 지나친 적은 또 얼마나 많은지. 선물 받은 화장품이나 내가 쓰기 아깝다고 다른 사람에게 선물할 기회를 기다리다가 유통기한을 넘긴 적도 있다. 심지어 향수는 증발되어 사라지는 꼴까지 봤다. 무엇이건 내 손에 들어와 가장 상태가 좋을 때, 그리고 내가 가장 원하는 그 순간에 소비하고 향유하는 게 그 물건이 가진 가치를 극대화하는 방법이다.

사전에는 이 속담의 뜻이 '물건을 너무 아끼기만 하다가는 잃어버리거나 못 쓰게 됨을 비유적으로 이르는 말'이라고 풀이되어 있지만 내가 적용시키는 범위는 좀 더 넓다. 사람도, 젊음도, 인생도 아끼기만 하면 가치가 사라진다. 젊은 날부터 보아온 사람들 중 인생이 낭비될까 봐 최소한의 시도와 경험만 해온 사람들은 모두 도태되었다. 그들이 비웃었던 사람들, 즉 부질없는 일을 시도해서 인생을 낭비하던 이들은 이제 날개를 펼쳐 훨훨 날고 있다. 신기하게도 누릴 수 있는 삶의 폭은 아낌없이 쓸수록 넉넉해진다.

그런데 이것이 젊은 날의 연장선상에만 있는 일은 아니다. 지금부터라도 이만큼이나 남아 있는 젊음을 사골 국자로 푹푹 퍼서 아낌없이 써야 후회가 없을 것 같다.

폐경기가 지난 지인은 아는 동생들에게 지금부터 봉사를 할 단체를 물색해놓으라고 당부한다. 자신은 퇴직하고 자식들은 다 자라 손 갈 데가 없어질 즈음 갱년기까지 맞게 되면서 우울증과 무력감으로 아주 호된 시간을 견디는 친구들을 많이 보았다면서 말이다. 일찍 봉사 활동을 시작해서 관심과 에너지를 쭉 사용하다 보면, 별 느낌 없이 갱년기를 통과하게 되더라는 것이 그녀의 경험담이었다.

나만을 위한 인생 소비는 끊임없이 반복되어야 하는 것으로 보인다. 소모를 해야 새로운 것들이 내 안으로 들어온다. 기회가 줄었다고, 체력이 예전 같지 않다고 움츠러들며 쓰기를 주저하면 점점 더 내 인생은 '똥'이 된다.

솔직히 나는 게으른 편이다. 행동도 느리고 손끝도 여물지 못하다. 태생적으로 체력도 약하다. 이십 대 때조차 일하느라 밤을 새워본 적이 없고, 잠을 일곱 시간 이상 못 자면 일상생활이 어렵다. 게다가 글 쓰는 게 업인 구실로 신경까지 칼끝처럼 예민하다. 사정이 이렇다 보니 툭하면 방전이라 효율이 떨어져, 쓸 때 여간 조심스러운 게 아니다.

그런데도 해마다 내 인생의 용처(用處)를 정하고 꾸물꾸물 쓰다 보면 그해가 지날 즈음 적당한 만큼 소모되고 또 그 이상으로 채워져 있는 것을 보게 된다. 아끼지 않을수록 스스로 풍성해지는 기분이다.

암만 생각해도 19세기의 시인 에드윈 마크햄의 말처럼 녹스는 것보다는 닳아 없어지는 게 낫다.

단, 관절만은 빼고. 지켜보니 인공관절 수술은 사람이 감내할 만한 것이 아닌 것 같다.

아끼다 💩 된다!

'옛날 얘기'는 재미없다

전시회에 가거나 텔레비전을 보면 지금은 볼 수 없는 수십 년 전의 문물을 보게 될 때가 있다. 나와 남편은 그런 것들을 보면 흥분해서 딸에게 설명하곤 한다.

"저게 삐삐라는 거야. 옛날에는 저걸로 호출이 오면 공중전화 가서 전화하고 그랬어."

"우리가 학교 다닐 때는 한 반에 예순 명이 넘었어. 아빠는 62번이었다!"

"엄마 어렸을 때는 학교 화장실이 수세식이 아니었지. 그래서 저 아래서 귀신 손이 올라와서 빨간 휴지 줄까, 파란 휴지 줄까, 하고 묻는다는 괴담도 돌고 그랬는데. 근데 그게 진짜로 무서웠다?"

"요즘 교과서는 컬러인 데다 사진이나 그림도 많아서 보기 좋네. 참고서랑 구분이 잘 안 갈 정도야. 엄마 아빠 때는 교과서에 그림도 거의 없고 전부 흑백이었어."

21세기에 태어나 사는 딸이 상상조차 할 수 없는 생활상들에 대해 이야기해주면 딸이 흥미로워할 것 같았다. 그리고 자신이 얼마나 편리한 삶을 누리고 있는지 감사해할 것 같기도 했다. 하지만 아이는 이런 말을 들을 때마다 '아… 네' 하고 시큰둥한 반응을 보이곤 했다. 아이가 그런 반응을 보일 때마다 나는 매사에 호기심이 부족한 아이의 성격이 아쉽다는 생각을 했다. 어쩌면 흥미로울 만한 일인데 주의 깊게 듣지 않아서 그런 게 아닌가 하는 생각도 들었다. 그래서 아이가 영 반응이 없다는 걸 알면서도 남편과 나는 자꾸만 우리 어렸을 때 이야기를 딸에게 하게 되는 것이었다. '내가 지금부터 재밌는 옛날이야기를 들려주겠다. 이건 신기하고 교육적인 거야' 하는 의기양양한 표정으로.

그러다 엄마가 모처럼 집에 놀러오셨을 때였다. 원래 여자들이 모이면 이런저런 수다로 시간 가는 줄 모르듯이 한참 수다를 떨고 있었는데 화제가 '생리대'로 이어졌다.

"말도 마라. 옛날에는 생리대라는 게 어디 따로 있었겠니? 천을 접어서 기저귀처럼 하고 다녔지. 그게 어찌나 불편하던지."

그것을 시작으로 엄마의 옛날이야기는 꼬리에 꼬리를 물고 이어졌다. 예전은 지금보다 추웠는데 변변한 외투가 없어서 아이들이 다들 손이 곱아 있었다는 이야기, 지금으로 따지면 버스 정거장 다섯 개쯤은 지나칠 거리를 걸어서 학교 다녔다는 이야기, 처음 결혼해 시댁 갔을 때 아궁이에 장작 때서 밥했던 이야기….

반은 듣고 반은 흘려들으며 언제쯤 다른 주제로 말을 돌릴까 궁리하다가 갑자기 정신이 번쩍 들었다. 입장 바꿔놓고 생각하니 딸이 내 어린 시절 이야기를 재미있어 할 이유가 하나도 없는 것이었다. 연세 지긋한 엄마의 이야기는 구질구질한 옛 타령이고 내 이야기만 흥미진진한 과거사일 리가 없다는 것을 왜 몰랐을까?

아래 세대가 알지 못하는 시대를 산 기억을 갖고 있는 사람들은 자신의 경험이 그들에게 흥미롭거나 유용할 거라고 믿는다. 그러나 그건 착각이다. 우리도 우리가 살아본 적이 없는 한국전쟁 무렵이나 조선시대 삶에 대해서 대략 알고 있다고 생각하지 않는가. 여러 시대를 배경으로 한 문화상품들을 알게 모르게 소비하고 학교에서도 배우기 때문에 생각만큼 옛 시대의 삶이 낯설지 않다.

그리고 무엇보다 관심이 없다.

어차피 내 자신이 직접 경험해서 추억이 있는 시절의 사건이 아니면 아무리 낯설어도 그건 신기한 것이 아니다. 한번은 딸이 과거를 회상하며 흥미를 느끼는 걸 본 적이 있는데, 이사하면서 아이가 유치원 다니던 시절 유행했던 캐릭터 상품을 발견했을 때였다. 딸과 나는 처음으로 옛 이야기를 하며 신나게 떠들었다. 옛날이야기는 공유할 추억이 있을 때에만 고루한 추억 타령을 면할 수 있는 것이다.

나는 지금보다 어렵고 불편했던 옛것들을 내세우며 아이가 지금 누리는 것들에 대해 다행스럽게 여기기를 은근히 바랐던 것도 반성한다. 어차피 내가 살아내고 있는 건 지금 이 순간의 삶인데 내가 알지 못했던 시절의 어려움이 무슨 상관이란 말인가? 동시대 지구 반대편에서 굶어 죽어가는 사람들이 있다는 사실이

밥이라도 먹고 사는 나를 행복하게 해주지 못하는데, 흘러가 사라진 윗세대의 불편함이 아래 세대에게 황송함을 불러일으킬 거라는 터무니없는 기대가 어디서 나온 것인지 모르겠다.

사람들이 지난 시대를 배경으로 한 영화나 드라마에 흥미를 느끼는 이유는 그 시대에서만 추출 가능한 특정 상황과 정서가 현대적인 즐거움을 주기 때문이다. 고도의 기법으로 과거와 현재를 이을 줄 아는 전문가들만이 줄 수 있는 것을 감히 내가 줄 수 있을 거라는 생각은 처음부터 버려야 한다.

나이 들면서의 삶의 가치는 아래 세대와 공감하고 함께 숨 쉴 수 있는 자질과 직결된다. 과거 이야기보다는 그 과거를 통해 보게 된 미래에 대해 더 많이 이야기할 수 있어야 아래 세대와도 교감할 수 있다.

이제 나도 정신 차렸으니 딸과 나이 어린 독자들에게 자꾸만 과거를 떠벌리고 싶어 하는 '내 안의 늙음'을 눌러야겠다. 옛날 이야기는 옛날 사람들과만 하는 걸로 결정했다.

경륜인가
꼰대질인가

삼십 대인 후배가 이십 대인 동생의 태도가 거슬리더라는 이야기를 했다. 어른들 앞에서 팔짱을 끼고 거만한 말투로 말하는 모습을 보니, 저러면 안 되는데 싶더란다. 그러면서 이런 말을 덧붙였다.

"저도 이제 꼰대가 되어가나 봐요."

나이가 들어가고 세상에 대한 나만의 의견이 분명해지면서 강박적으로 자기검열을 하게 되는 시기가 있다. 어릴 때 뚜렷한 의견을 갖는다는 건 나이답지 않은 소신으로 장하게 여겨지는데, 나이 든 사람이 그럴 경우 노욕이나 고집으로 보일 수 있기 때문이다. 내가 한때 가장 경멸하던 종류의 사람이 되어가고 있는 건 아닌가, 자꾸만 돌아보게 된다. 꼰대가 되어가는 과정이라기보다는 어른으로 성숙해가는 또 하나의 과정이다. 이것을 경륜이라고 한다.

사실 살아가면서 나만의 뚜렷한 판단 기준을 갖게 된다는 건 아주 중요한 일이다. 무언가를 결정할 때 시간과 에너지를 절약할 수 있고 인생이 방향성을 가질 수 있도록 해준다.

내가 아는 어느 사업가는 두어 차례 만난 사람에게서 볼 때마다 각기 다른 인상을 받았다면 안 좋은 쪽을 본성으로 판단한단다. 그래서 상대에게 더 이상 기회를 주지 않는 것이다. 물론 그의 판단의 결과가 꼭 들어맞는다는 보장은 없다. 어쩌면 상대는 두 번째 만남 전날 이별 통보를 받았을 수도 있고 자식이 가출했을 수도 있다. 뇌출혈로 쓰러진 아버지의 병원비 걱정에 평소답지 않게 행동했을 수도 있다. 그도 이럴 가능성이 있다는 것을 잘 안다. 하지만 그는 경험적으로 보다 많은 진실을 담고 있다고 확인한 명제에 도박을 거는 것이다. 그에게는 두 번째 만났을 때 나쁜 인상을 준 사람의 신상에 무슨 일이 있었는지 확인할 여유도 없고 어떤 모습이 진짜일까 판단하는 데 쏟을 만큼 남아도는 에너지도 없다. 오래 만나 어느 정도 검증이 된 사람들에게 들일 관심도 부족한데, 단 두어 번의 만남에서 실망을 주는 사람의 가능성은 포기하는 쪽으로 가닥을 잡은 것이다.

어렸을 때는 작은 부분으로 전체에 대한 결정을 내리는 어른들의 이런 면을 편견이라고만 생각했다. 내가 보기에 편견이 있는 사람은 꼰대였다. 세상의 많은 가능성들을 닫아두고 모든 판단을 쉽게 내리는 어른들이 답답해 보였다.

'사람마다 다 자기 사정이 있는 건데, 그래서 사람마다 다 다른 건데 왜 함부로 인간사를 범주화하는 걸까? 이렇게 행동하는 사람은 이런 사람, 저렇게 행동하는 사람은 저런 사람… 그런 식으로 재단하는 게 불편해!'

하지만 이제는 알겠다. 모든 예외를 염두에 두고 판단 기준을 버린다면 이 세상에 경향성이라는 것은 존재하지 않는 것이다. 어차피 이 우주에 백 퍼센트 맞아떨어지는 범주화는 없다. 알을 낳는 포유류도 있고, 하얀 까마귀도 있고, 까만 백조도 있다. 인간에 대한 범주화를 편견으로만 본다면 철학, 심리학, 사회학, 문학 등은 존재할 수 없었을 것이다.

경륜은 세련된 편견이다. 많은 경험과 숙고로 정련된, 세상을 바라보는 나만의 시점의 집합체다. 대신 그것을 남에게 강요하면 그게 바로 '꼰대질'이 되는 것이다.

아흔한 살인 나의 외할머니는 치매에 걸리셨다. 얼마 전 찾아뵈었을 때에도 또 나를 못 알아보시다가 이름을 말하니 겨우 환하게 웃으셨다. 바로 옆에 무려 이십 년 묵은 손녀사위가 있는데도 결혼은 했느냐고 물으셨다. 했다고 하니 아이는 낳았느냐고 하셨다. 하나 낳았다고 하니 딸이냐 아들이냐 물으셨다. 딸이라고 했더니 갑자기 아들을 낳아야 한다고 역정을 내셨다.

건재하시던 그 오랜 시간 동안 할머니는 내가 무슨 선택을 하든 간섭이 없으셨다. 돈벌이가 안 되는 직업을 택했을 때에도, 아직 마땅한 직업이 없는 남자를 신랑감이라고 데려왔을 때에도 웃는 얼굴로 축복을 해주셨을 뿐이다. 무엇보다 내 딸, 당신의 유일한 증손녀를 끔찍하게 아끼셨다. 내게 아들을 낳으라는 말씀은커녕 내색조차 비치신 적 없다.

나는 기억이 증발되고 인격이 고장나버린 할머니의 숨겨졌던 진심에 잠깐 놀랐다. 하지만 이내 전보다 더 할머니를 존경하고 사랑하게 되었다. 어쩔 수 없이 시대에 맞지 않는 편견을 마음속에 품고는 계셨지만 손녀를 믿고 존중하는 마음이 더 강하기에 평생 표현을 하지 않으신 것이다. 그게 바로 경륜이다.

새삼 할머니의 인격에 울컥 마음이 동한 내가 이 이야기를 인터넷 공간에 올리자 대부분의 사람들은 공감과 함께 할머니의 쾌유를 빈다는 메시지를 남겼다. 그런데 몇몇 사람들이 이런 댓글을 달았다.

'그래도 아들은 낳아야 합니다.'

이게 바로 다름 아닌 꼰대질이다.

정신이 늙는다는 것에 대하여

나이가 들어가면서 몸의 기능이 떨어지고 있다는 것은 이십 대부터 진즉 알아차렸다. 연속해서 일을 할 수 있는 시간이 줄어들고 술을 마신 후 컨디션이 회복되는 속도가 느려졌다. 도저히 눈치를 못 챌 수가 없었다.

한번은 어린 사촌과 차를 타고 가다가 창밖으로 학생들이 지나가는 걸 보게 되었다. 겨울 초입, 바람이 꽤 차가운데도 학생들은 교복 위에 얇은 카디건이나 재킷을 한 장 걸친 게 전부였다. 주변 어른들은 모두 코트나 패딩 점퍼를 입고 지나가고 있었다. 나는 고등학교를 졸업한 지 얼마 지나지 않은 사촌에게 저들이 멋이 아니라 정말 안 추워서 저러고 다니는 건지를 물었다. 그랬더니 그녀의 대답이 이랬다.

"정말 안 추웠어요. 교복 치마에 맨다리로 다녀도 아무렇지도 않았는데요? 오히려 껴입으면 막 몸에서 열이 나고 해서 답답했고요. 그런데요, 딱 스무 살 넘으니까 확 추워지는 거 있죠. 이제 저도 늙었나 봐요."

도통 기억이 나지는 않지만 노화는 스무 살 무렵에도 느껴지는 것인가 보다.

하지만 정신의 노화만큼은 크게 의식한 적이 없었다.

나는 늘 정신적인 것은 노화와 관계없는 것이라고 생각했다. 훌륭한 사람이라면 영원히 청년으로 살다 죽을 수도 있을 거라고 믿었다. 나이 들면서 고루해진 중장년들은 경험을 제대로 소화시키지 못해 그리 된 것이라고 생각했다. 유독 나만 그랬던 건 아닌 것 같다. 각종 SF 장르의 문화 상품들에서는 늙은 육체를 버리고 기계 육체, 혹은 다른 젊은 육체에 뇌를 갈아 끼워 영생을 실현하는 설정들이 많았다. 뇌는 늙지 않는다는 전제하에서 할 수 있는 상상들이다.

하지만 최근 뇌과학 분야가 급속하게 발달하면서 쏟아져 나오기 시작한 책들을 탐독한 나는 충격에 휩싸였다. 수많은 연구 결과들에 의하면, 나이가 들어가면서 뇌세포에도 노화가 일어나고 인격이나 사고력 등을 결정짓는 전두엽의 기능도 떨어진다.

그래서 나이가 들수록 새로운 것을 받아들이지 못하고 남의 말을 잘 듣지 않으며 고집이 세진다. 우리가 경험이나 환경의 산물이라고 생각했던 노인들 특유의 성품들이 사실은 노화의 결과라는 것이었다.

기억력처럼 기능적인 뇌의 능력뿐 아니라 영혼의 영역인 것 같았던 인격이나 성품조차 점차 쇠퇴하고 늙어간다는 건 내게 낯설고도 두려운 일이었다. 우리는 알고 있지 않은가. 교감이나 타협 같은 것이 안 되고 정상적인 대화가 불가능한 고집쟁이 노인이 어떤 존재인지를. 점점 대사율이 떨어져 뱃살이 늘어나는

속도로 내 인격과 마음도 늙어가고 있다는 걸 믿고 싶지 않았다. 이대로라면 영원히 늙지 않는 인공 육체를 가져와 뇌를 이식해도 결코 젊게 살 수 없을 것이다. 그래서인지 SF 장르의 영생 프로젝트 설정도 뇌를 뚝딱 떼어서 가져오는 게 아니라 그 내용을 데이터화해서 업로드하는 것 등으로 진화하긴 했지만 말이다.

눈가의 주름이 생기는 것보다 뇌의 주름이 사라지는 것 때문에 더 우울하던 시기에, 나는 오랜만에 한 지인을 만나고 생각을 바꾸게 되었다. 육십 대인 그를 알고 지낸 십여 년의 시간 동안 한 번도 그에게서 중장년 특유의 성격적인 특징을 발견한 적이 없다는 걸 문득 깨달았던 것이다. 그는 늘 타인의 말을 끝까지 들을 줄 알았고 들은 것을 정확하게 이해하고 적절한 반응을 했다. 자신의 주장을 남에게 강요하지도 않았고 타인의 의견을 적극적으로 수용했다. 게다가 나이 든 이들이 웬만해선 하기 힘들다는 것, 늘 새로운 일을 시도하는 데에 도가 텄다. 나는 사람의 마음이 꼭 생물학적인 나이만큼 노화하지 않을 수도 있겠다는 생각을 하기 시작했다.

그 뒤부터 열심히 알아본 바에 의하면 다행히 꽤 오랜 세월이 지날 때까지 탱탱한 마음을 유지할 수도 있을 것으로 보인다. 전두엽의 노화가 시작되는 시기는 대략 사십 대로 본다. 그런데 누구나 똑같이 공평하게 늙는 것은 아니다. 걷지 않으면 다리의 근육이 퇴화하듯이 전두엽도 운동시키지 않으면 더 빨리 늙는 것이다. 열심히 단련시킨 전두엽은 노화가 시작되는 사십 대 무렵의 상태로 고정이 된다.

전두엽을 운동시키는 방법은 끊임없이 새로운 경험과 생각을 하는 것이다. 항상 같은 장소에서 살면서 같은 활동을 하고, 같은 사람들과 같은 음식을 먹는 일상의 반복은 정신을 노화시키는 주범이다.

그러고 보니 내가 아는 '젊은' 어른들은 실패할 확률이 있더라도 한 번도 먹어보지 못한 음식을 맛보고, 한 번도 가지 않은 곳으로 여행을 가며, 새로운 취미를 만드는 데 주저하지 않는다. 같은 현상을 보더라도 새롭게 보려고 애쓰고 젊은 사람들의 신선한 생각들을 흘려듣지 않고 곱씹는다. 그런 사람들은 대개 외모도 나이보다 젊어 보이는데, 실제로 전두엽의 노화는 외적인 노화와도 관계가 깊다고 한다. 젊게 가꾸기 위해서는 클리닉을 알아보거나 항산화 식품을 찾아 먹는 것보다 새로운 세계를 두려워하지 않고 접하려는 노력과 용기가 더 효과적인 셈이다.

내 곁을 스쳐 지나가는 시간이 쌓여갈수록 내가 아직도 조금씩 성장하고 있다는 것이 느껴진다. 내면의 성장이란 완성이 목적이 아니다. 그냥 그 자체가 살아 있다는 증거라서 좋다. 뇌가 인체기관의 하나일 뿐이라는 사실에 가로막혀 영혼이라든지 정신과 같은 나만의 가치가 훼손되지 않도록 해볼 만큼 해보고 싶다.

나이가 들 것인가, 나이'만' 들 것인가는 선택의 문제다.

시간은 점점 미친 듯이 흐른다

나는 아직도 '국민학교' 시절 방학 때마다 느꼈던 그 막막한 기분을 기억한다. 방학은 늘 기다리는 것이면서도 동시에 지독한 심심함을 견뎌야 하는 시간이었다. 동네에 또래가 단 한 명도 없었던 데다가 몸이 약하고 내성적이었던 나는 많은 시간을 집에서 보내야 했는데, 정말이지 시간이 너무나도 안 갔다. 책을 좋아했지만 당시는 책이 귀하던 시절이었고 시립도서관은 혼자 가기엔 너무 멀었다. 다들 알다시피 낮엔 텔레비전도 나오지 않고 컴퓨터나 인터넷도 없던 시절이었다.

한번은 방바닥에 누워 심심함에 몸부림치던 내 앞에 엄마가 묵직한 보따리를 하나 쿵 하고 내려놓았다.

"옜다. 이 정도면 개학 때까지는 심심하지 않겠지?"

보따리 안에서 나온 건 서른 권을 읽어도 결말이 나지 않는 길고도 긴 장편만화였다.

만화방에 드나드는 아이들을 비행 청소년으로 봤던 시절이었다. 어린 나의 권태는 어른들의 편견마저 대수롭지 않을 만큼 깊고도 지긋지긋했나 보다.

아무리 논다고 놀아도 하루해가 남아 있고, 아무리 자고 일어나도 어른이 되지 않았던 시절이 분명히 있었다. 그런데 지금은 하루는커녕 일주일 단위로 시간이 흘러가고 월요일이 되기가 무섭게 주말이 닥친다. 치과에서 마지막으로 스케일링 받은 게

일 년쯤 되었다고 말하고 차트를 확인해보면 삼 년이 넘은 것으로 드러나거나, 초등학교 입학한 사촌 조카에게 선물 사준 것을 최근의 일로 믿고 있다가 그 아이가 중학생이라는 말에 경악하기도 한다. 몇 년 전 다이어리를 슥슥 넘겨보면 그 속에 적혀 있는 아무개와의 약속 같은 것들이 바로 몇 주 전인 것처럼 가깝고 생생하다.

점점 시간의 속도가 아찔해지고 있다는 건 나만 느끼는 게 아닌가 보다. 다들 시간이 너무 빠르게 흐른다고 이야기하며 매일 갱신되는 놀라움을 공유하는 걸 보면 틀림없다. 나이가 먹고 바빠서 그런가 보다, 당연히 생각하지만 쥔 모래가 손가락 사이로 빠져나가듯 허무하게 사라지는 시간이 안타깝기는 마찬가지다.

그런데 나이 들수록 시간의 속도가 빠른 것은 단지 기분 탓만이 아닌, 과학적 이유가 있는 현상이다.

모든 포유류는 몸의 크기와 생체 순환 리듬에 따라 심장박동수가 달라진다고 한다. 그래서 몸집이 크고 생체 순환 속도가 느린 코끼리는 일 분에 심장이 서른 번 뛰고, 작고 생체 순환 속도가 느린 쥐는 일 분에 무려 팔백 번 심장이 뛴다. 재미있는 것은 이 심장박동수에 따라 체감하는 시간의 속도가 달라진다는 것이다. 심장박동이 느리면 상대적으로 시간이 빨리 흘러가는 것처럼 느껴지고 그 반대면 시간이 느리게 흘러가는 것처럼 느껴진다. 그래서 일 년을 사는 쥐나 칠십 년을 사는 코끼리나 일생을 사는 느낌은 비슷할 거라는 추측이 가능해진다.

이 심장박동의 법칙은 사람에게도 고스란히 적용된다고 한다. 몸집이 작고 생체 순환이 빨라 심장박동수도 빠른 어린 시절에는 시간이 아주 느리게 흘러간다. 같은 원리로 나이를 먹어가면서 점차 시간이 흐르는 속도는 빨라진다. 징글징글하게 시간이 안 갔던 무렵의 나는 일 분에 구십 번 정도 심장이 뛰는 작은 인간이었고, 사십 대가 된 지금은 같은 시간에 칠십오 번의 수축을 하며 빨라지는 시간에 감탄하는 '중간 정도 늙은' 인간이다. 이제 수십 년이 지나면 내 심장은 일 분에 육십 번을 간신히 뛰며 시간이 자꾸 실종되는 상황에 익숙해질 것이다.

가끔은 이렇게나 빠른 시간의 흐름을 감지하며 누군가의 재촉을 받는 기분을 느끼기도 한다.

'마지막 날까지 넉넉하게 남아 있지 않으니 빨리빨리 살아내라….'

시간이 뭉텅이로 흐르며 가치가 떨어지고 있는 것 같다. 유통기한이 임박해 덩어리째 끊어 파는 쇠고기처럼. 갈색 반점이 노란 껍질을 뒤덮기 시작하는 바나나 송이처럼.

하지만 보통의 경우 나는 건방지고 담담하게 이 변화를 받아들이기로 한다. 누가 훔쳐가는 것처럼 시간은 흘러가지만 어른이 된 이후 나는 더 이상 심심하지 않다. 어느 놈이 팔아다 손절매하는지는 모르겠지만 적어도 내게는 시간에 대한 희소가치가 생겼다. 하루하루를 감사하게 생각하며 발랄하게 사는 날이 더 많아졌다. 시간의 속도에 따라 고통스럽고 힘든 시간 역시 빨리 지나가는 것도 좋은 일이다.

요사이 내게는 일정 분량의 시간 동안 무언가 목표를 두고 해내는 게 더 중요해졌다. 예를 들어 지난해에 나는 한 권의 신간을 냈고 두어 권의 구간을 수출했으며 중국어를 배워 기초를 뗐다. 두 해를 별렀던 이사를 했다. 몇 명의 새 친구도 사귀게 되었다. 비록 일 년이라는 시간이 고속열차처럼 스쳐 지나갔지만 내가 최선을 다해서 내 인생의 현장에 있었다는 증거는 남았다.

사람에게는 분명히 여가 시간 동안 아무것도 하지 않을 자유가 있고, 치열하게 살지 않는 것을 택하는 것도 가치 있는 일이다. 하지만 크건 작건 목표나 꿈이 없는 삶은 나이 들수록 더 공허하다.

예전에는 목표, 꿈이라는 말과 여가 시간, 자유, 치열함 등의 단어가 공존할 수 없다고 생각했다. 하지만 이제는 그게 가능하다는 것을 알겠다. 시간이 빨리 간다고 해서 그 속도에 맞춰 뛰박질하기보다는 반대로 천천히 가며 핵심을 거두어들이는 것. 그게 아인슈타인의 상대성 이론도 무색하게 만들 우리만의 지혜일 것이다.

우리가 보호하고 있다고 착각하는 것들

지금 쓰고 있는 식탁은 육 년 전 우리 집에 왔을 때부터 상판에 두터운 유리 덮개가 얹혀 있었다. 어설픈 가구는 들여놓기 싫고 비싼 것은 사기 망설여지던 차에 마침 식탁을 바꾼다는 지인이 쓰던 것을 물려받았다. 흠집이나 오염에 약한 나무를 보호하는 유리판의 존재는 내게 아주 당연한 것으로 느껴졌다. 아무리 음식물을 흘리고 박박 닦아내도 원목 무늬를 그대로 살려낸 우아한 식탁은 조금도 상하지 않을 테니 말이다.

그러다 어느 날, 놀러온 딸의 친구가 실수로 쏟은 주스가 유리 덮개와 식탁 상판 사이로까지 흘러들어가는 대형 사고(?)가 일어났다. 6인용 식탁의 강화유리 덮개의 무게는 생각보다 엄청나다. 나 혼자서는 단 몇 센티미터도 움직일 수 없으니 딸과 딸의 친구 셋까지 동원해 다함께 유리 덮개를 들어올렸다. 처음으로 맨얼굴을 드러낸 식탁을 보고 나는 두 가지 이유로 깜짝 놀랐다. 첫 번째는 내가 항상 유리 너머로 보고 있다고 생각했던 식탁의 원목 무늬가 딴판으로 아름다워서였고, 두 번째는 지독한 악취가 났기 때문이었다. 키친타월과 행주로 주스를 닦아내 사태를 일단락하고 다시 유리덮개를 덮어놓은 나는 고민에 빠졌다.

나는 처음으로 유리 덮개를 치우고 싶어졌다. 그동안 숨겨져 있던 식탁의 멋진 무늬가 눈에 아른거렸고 그것이 공기도 통하지 않는 식탁 아래에서 악취를 품고 세월을 버티고 있다는 사실이 못마땅했다.

하지만 유리 덮개를 치워버리는 건 생각만큼 간단한 일이 아니었다. 하루에도 몇 번씩 흘리게 되는 온갖 음식물과 그 위에서 쓰게 되는 단단한 식기들이 나무로 만든 식탁을 상하게 할 건 뻔한 일이었다. 다만 그 정도가 감당할 만한 것인지 아닌지 가늠할 수가 없었다. 게다가 작은 침대와 맞먹는 식탁 크기의 강화유리는 비싸다. 결과가 부정적이면 일을 돌이키기 위해 치러야 할 대가가 만만치 않다.

결국 나는 힘들여 쓸데없는 짓을 하는 데 소질이 있다며 투덜거리는 남편의 힘센 손을 빌려 식탁 유리를 치워버렸다.

그 이후로 몇 주가 지났고, 보호막을 잃은 식탁은 잘 지내고 있다.

아무리 닦아내도 가시지 않는 악취 때문에 얼마간 가족들을 괴롭혔고, 몇 개의 작은 흠집들을 새로 얻긴 했지만 원목 식탁다운 본연의 아름다움과 역할을 유지하면서 나를 기쁘게 하고 있다. 가족들도 생각보다 식탁이 잘 견뎌준다면서 신통해하고 있다.

찬찬히 생각해보면 애초 원목 식탁이란, 나무가 주는 따뜻한 질감과 자연스러운 아름다움을 누리기 위해 만들어진 것이다. 장인들은 그것을 쓰면서 생길 수 있는 오염이나 흠집을 어느 정도는 흡수할 수 있도록 가공해 세상에 내놓는다. 그것마저 참기

싫어 두터운 유리로 덮어버리면 굳이 나무로 만든 식탁을 쓸 이유가 없다. 보루네오나 아마존에서 이 식탁이 되기 위해 잘린 나무들 입장에서도 억울하기 짝이 없을 일이다.

나는 식탁에 앉아 차를 마실 때마다 비슷한 만행을 저질러온 삶에 대해 반성한다. 종종 나는 생채기 나는 게 무서워 세상에 나아가는 것을 두려워하기도 했고, 내가 소중히 여기는 것들을 꽁꽁 싸매놓기도 했다.

솔직히 사춘기 딸아이를 보고 있으면 고작 몇 년이 지난 후 내가 유리 덮개를 거둘 수 있을까 자신이 없어지기도 한다. 그가 세상에서 가장 연약한 존재였을 때부터 보아왔기에 그저 세상에 태어났다는 이유로 기본적으로 주어지는 삶의 고통들을 혼자서 잘 이겨낼 수 있을 거라는 게 믿기지 않는다. 고작 식탁 유리 하나 치우는 데도 육 년이 걸렸고 용기가 필요했는데, 아이 머리 위에서 보호막을 거두는 것이 쉬울 리 없을 것이다. 그래도 이제야 타고난 제 노릇을 하고 있는 식탁의 나뭇결을 어루만지며 마음을 다잡게 된다. 오래 써서 모서리 장식이 떨어져 나갔는데도 식탁의 상판은 새것처럼 말끔하다. 만약 내가 유리판을 치우지 않고 계속 썼다면 이 식탁은 본래의 근사한 모습을 한 번도 세상에 보이지 못한 채 폐자재가 될 것이었다. 흠집이 나고 얼룩

이 지더라도 그래서 더 아름답고 제 가치를 찾아가는 게 삶이지만, 온전히 그 과정을 지켜보려면 나는 더 단단해져야 할 것이다.

어쩌면 나는 식탁 유리를 걷어내면서 나를 옹송그리게 만들었던 껍데기를 한 꺼풀 벗어던진 것인지도 모르겠다.

우리 누구에게도 '잔소리 자격증'은 없다

어딘가에서 나이 들었다는 가장 확실한 증거가 다음과 같다는 말을 들었고, 나는 꽤 동감했다.

'원하지 않는 사람에게 원하지 않는 충고를 할 때.'

살면서 경험으로 깨달은 것들이 점점 쌓이고 있고 그것들을 아직 모르는 사람들에게 전달해주고 싶은 심정은 이해가 된다. 하지만 자신이 경험한 것만이 진리이고 그게 상대방에게도 반드시 유용할 거라는 교만함은 어디에서 비롯되는 것인지 모르겠다. 오랜 시간 동안 젊은이들이 어떻게 살아야 하는가에 대해 대신 고민하는 게 직업이었고, 여러 가지 대안들을 정리해서 책으로 낸 나도 그들이 원하기 전에는 함부로 충고하지 않는다. 그리고 그들의 숱한 질문에 답할 때에는 '당신이 직접 경험해서 이론을 재확인한 것이 결국은 답이다'라는 결론으로 귀결되곤 한다.

예전에는 연장자의 충고가 정보와 직결되는 것이었다. 이십 년 전 닥쳤던 병충해에는 어떻게 대처했고, 삼십 년 전 들었던 가뭄 때는 어떻게 논에 물을 댔고 등등의 경험이 곧 해결책이기도 했다. 하지만 요즘은 빠른 사회 변화와 정보에 대한 쉬운 접근성 때문에 나이 든 이들의 경험은 정보로서의 가치를 상실했다. 이제 나이 든 이들이 갖는 경쟁력은 말로 전달하기 어려운 것이 되어버렸다. 현대를 사는 젊은이들에게 연장자의 잔소리는 '다 아는 이야기의 지겨운 반복', 그 이상도 그 이하도 아니다.

문제는 잔소리를 하는 당사자인 연장자들도 그 사실을 모르지 않는다는 것이다. 그러면서도 계속하게 된다. 그래서 잔소리가 노화 증세라는 것이다. 사실 이 '원하지 않는 충고'의 핵심은 '일방성'이다. 노화된 뇌는 상대의 의견을 수용하거나 새로운 방향으로 생각을 바꾸는 게 불가능하다. 그래서 상호 소통이 잘되지 않는다. 상대의 감정이나 입장과 상관없이 하고 싶은 대로 말하는 것이 그들 입장에서는 대화이지만 이쪽에서는 '간섭', '오지랖', '잔소리' 등으로 표현되는 달갑지 않은 행위인 것이다.

몇 년 전 지인 무리를 따라 한 언니의 집에 놀러갔다. 거기에는 대학생인 조카가 심부름 때문에 잠깐 와 있었는데 통통한 볼이 발그레한 귀여운 아가씨였다. 집주인은 조카를 소개하며 조카가 명절 지내고 살이 많이 쪘다는 말을 했다. 그러고는 무안해하는 조카에게 이런 충고를 덧붙였다.

"내가 겪어봐서 아는데 더 나이 들면 살 빼고 싶어도 잘 안 빠진다. 한창 연애하고 꽃필 나이에 그렇게 뚱뚱한 채로 있으면 나중에 후회한다. 꼭 살 빼라…."

놀란 나는 조카가 방으로 들어가자마자 그녀에게 물었다.

"조카가 기분 나빠하지 않아요? 살 찐 건 본인이 제일 잘 알고 있고 제일 빼고 싶은 것도 본인일 텐데 왜 굳이 그런 말을 해요? 그것도 사람들 다 있는 데서?"

"그래야 자극을 받고 살을 빼지. 다 자기 생각해서 해준 말인데, 뭘."

나는 더 이상 말이 통하지 않겠다 싶어 입을 다물었다. 사실 되묻고 싶었다. 정말 상대의 기분을 상하게 하면서까지 충고를 할 정도로 조카의 비만에 관심이 있기나 하느냐고. 그랬다면 비만클리닉 등록이라도 하라고 돈을 쥐어주거나 헬스클럽 이용권이라도 선물했어야 했다. 보고 느끼는 대로 하고 싶은 말을 줄줄

읊은 다음, 돌아서면 바로 잊어버리는 충고란 약자를 향한 언어적 배설 행위에 불과하다.

나이 든 것을 잔소리 자격증을 획득한 것으로 착각하기 시작할 때, 소통을 일방적으로밖에 할 줄 모르는 노환(老患)이 든 것이라고 생각하면 된다. 그 누구도 원하지 않는 충고를 할 자격이 없다는 것을 이해하지 못하는 병이 시작된 것이니까.

최근 일본에서는 중장년들을 위한 새로운 서비스가 시작되었다고 한다. 젊은 사람을 앞에 앉혀두고 마음껏 잔소리를 하고는 시간당 얼마씩 돈을 주는 것이다.

앞으로라도 상대가 원하지 않는 충고가 마구 하고 싶어지면 돈 주고 하라. 그게 상대에게 그 충고를 들을 가치가 있다고 느끼게 하는 유일한 방법이 될 것이다.

왜 한국 드라마는 집안일을 하면서도 볼 수 있을까?

중국에서 책이 출판되어 그쪽 매체들과 인터뷰를 했을 때의 일이다. 며칠 동안 수십 명의 기자들과 만나면서 가장 많이 받은 질문 중 하나는 '한국 여자들은 정말 드라마에서처럼 시어머니에게 괴롭힘을 당하면서 사느냐'였다. 물론 내 대답은 그렇지'는' 않다… 였다. 시댁이라는 것이 기혼녀로 사는 한국 여성들에게 영원히 껄끄러울 것 같은 화두이기는 하지만, 그렇다고 해서 드라마에 등장하는 사디스트 시어머니나 마조히스트 며느리가 현실에선 흔치 않은 것도 사실이니 말이다. 요즘에는 결혼한 자식 일에 간섭하지 않고, 명절에 며느리를 힘들게 하는 대신 부부끼리 해외여행 가는 현대적인 시부모들도 많다(고 한다). 그렇다면 왜 현 세대의 가치관에는 맞지도 않는 가부장적인 가족관계가 드라마에서는 외국인들이 일반화할 만큼 당연하고도 빈번하게 등장하는 걸까?

원래 사회에서 드라마를 비롯한 모든 유행과 문화를 이끄는 건 젊은 세대다. 인터넷 등 공론의 마당에서 목소리를 내는 것은 대개 젊은이들이고, 드라마의 주인공도 죄다 젊은이들이다. 그렇지만 시청률에 목숨을 거는 방송사들 입장에서 젊은이들은 결코 갑(甲)이 아니다. 젊은이들이 놀러 나가거나 야근을 하고서 시청률로는 집계가 되지 않는 인터넷으로 지난 방송을 보고 있는 동안 조용히 실시간으로 시청률을 올려주는 이들은 주부, 특히 고령의 주부들이다. 옆에 먹을 것을 잔뜩 쌓아두고 텔레비전 앞에서 미동도 하지 않는 '카우치 포테이토'들이 이끄는 미국 텔레비전 쇼 시장과는 사정이 다르다. 그래서 첨단 유행의 옷을 입은 드라마들도 이전 세대를 산 주부들이 동의할 수 있는 가치관을 기저에 깔고 있는 것이다.

한국 드라마가 유난히 '친절한' 것도 주부들과 관계가 있다. 등장인물들은 이미 일어난 일을 다시 한 번 말로 설명해주며, 많은 클리셰들로 놓친 줄거리를 짐작할 수 있게 해주기도 한다. 눈요기가 되는 에피소드가 조밀하게 펼쳐지지만 큰 줄거리에는 별 진전이 없어 몇 시퀀스쯤 건너뛰어도 사건을 이해하는 데에는 지장이 없다.

그뿐만이 아니다. 화면보다 개고 있던 빨래에 눈길이 더 자주 갈 만큼 느슨해진다 싶으면 상대에게 따귀를 올려붙여 정신이 번쩍 들게 해주기도 한다. 그래서 드라마를 보다가 끓는 찌개에 두부를 넣으러 가거나 걸레질을 하느라 한눈을 팔아도 어렵지 않게 이야기를 따라갈 수 있다. 영화처럼 드라마를 보고 싶어 하는 이들이라면 불만일 수도 있는 면이다.

촘촘하게 짜인 플롯으로 몰입의 쾌감을 느끼게 하는 외국 드라마에 푹 빠져 있던 나는 요새 다시 조금씩 한국 드라마를 보고 있다. 딸과 같이 보다가 갑자기 과일이 먹고 싶어져 냉장고를 뒤지고 와도, 남편과 배우들을 품평하다 대사 몇 마디 놓쳐도 드라마는 친절히 기다려준다. 어느 순간부터 나는 화면 앞에서 이야기를 즐기면서도 가족과 함께 있는 것을 의식하게 해주는 이 '열려 있음'이 편리하다고 느끼기 시작했다. 그런데 이건 나에게만 일어나는 일이 아닌 것 같다. 얼마 전까지만 해도 휴식 시간을 외국 드라마 보기에 몰아넣던 친구들이 '골치 아프지 않은' 한국 드라마로 속속 돌아오고 있다. '애 낳고 났더니 노안이 오는지 자막 보기도 피곤하다'는 심상치 않은 농담과 함께.

자기 일을 하거나 그렇지 않거나 항상 가사와 가족을 의식하고 있고 휴식 시간마저도 몰입해서 즐기지 못하는 주부들의 처지가 상기되어 어쩐지 마음이 아프다. 어느새 아무것도 하지 않고 드라마만 보면 뭔가 허전함을 느끼게 되어버린 주부들에게 이 대목에서만큼은 세대를 초월한 동지애를 느끼게 된다. 아마 오늘 저녁에도 나는 사소한 집안일로 끊임없이 움직이며 드라마를 흘깃거릴 것이다. 다만, 이제 시어머니와의 갈등은 좀 그만 보여달라. 새롭게 진입하는 요즘 중년 시청자는 나이 들어서도 자식 인생에 간섭하지 않고 멋있게 사는 시어머니가 보고 싶다.

하하하

HOTEL

HOTEL

남편감 고르기와 코트 고르기의 공통점

수십 년 전 남편과의 연애 시절 이후로 유일하게 나를 격렬히 설레게 하는 것이 있다.

'80~90퍼센트 세일', '패밀리세일', '블랙프라이데이' 등등….

며칠 전, 나는 평소 눈여겨본 의류 회사의 세일 행사가 괜찮더라는 소문을 듣고 겨울 코트를 한 벌 장만하러 나섰다. 몇 시간 동안 족히 오십 벌은 걸쳐 보고서야 한 벌을 골라들고 귀가한 나는 '승리의 기쁨'을 곱씹으며 전리품을 다시 감상했다. 이만한 가격에 이만큼 질이 좋고 이처럼 마음에 드는 물건을 발견한 내 안목과 행운에 감탄했다. 그러다가 나만의 코트를 찾아 헤매던 이 지난한 과정에서 문득 어떤 기시감이 느껴졌다. 이거 오래전 내가 남편을 만나던 전후에 느꼈던 것과 꽤 비슷하지 않은가.

남들이 입고 다니는 것을 보면 코트는 다 거기서 거기라는 생각이 든다. 그런데 막상 '내 것'을 찾아 헤매다 보면 백만 개의 코트 디자인이 다 다르다는 것을 알게 된다. 거기서 거기라고 아무거나 고를 수는 없단 사실을 깨닫게 된다.

대충 둘러보면 괜찮은 물건이 많은 것 같은 쇼핑 장소에서도 작정하고 꼼꼼히 찾아보면 지갑을 열고 싶을 만큼 마음에 드는 것은 거의 없다. 반대로 한눈에 쓸 만한 물건이 없어 보이는 곳에서 의외로 내 눈에 쏙 들어오는 코트를 찾아내게 될 때도 있다. 그러나 전자의 장소에서 제대로 된 물건을 찾아낼 확률이 훨씬 높은 건 물론이다.

첫눈에 반하게 되는 코트는 역시 소재나 충전재 같은 것이 고급이다. 비싸겠다 예상은 하지만 항상 가격표는 그 예상조차 뛰어넘는다. 그래서 많은 사람이 탐을 내지만 감히 넘볼 수는 없다. 그러나 누구나가 좋다고 하고 객관적으로도 고급인 것이 꼭 나한테도 좋은 것은 아니라는 것 또한 인생의 신비다.

중간 품질 이상의 것 중에서 내 취향에 잘 맞고, 내 몸에 잘 맞으면 그게 가장 좋은 것이다. 다만 아무리 만만하게 살 수 있는 것일지라도 하품(下品)은 고르는 게 아니다. 집에 들인 바로 다음 날부터 후회하기 시작한다.

한눈에 반한 개성 있는 코트를 살 것인가, 밋밋하지만 오래 입을 수 있는 코트를 사느냐는 매번 괴로운 선택의 문제다. 객관적으로는 후자의 선택이 정답인 것 같지만 일단 마음을 뺏긴 코트를 내려놓기란 쉬운 일이 아니다. 누군가는 금방 못 입게 되는 걸 알고 있더라도 맘에 쏙 드는 코트 한 번쯤 입어볼 수도 있어야 그게 인생 아니냐고 충고하기도 한다.

재미있는 것은 대체 저런 옷은 누가 살까 싶은 괴상망측한 코트들도 은근히 팔려나간다는 것이다. 그래서 세상은 요지경이다.

누군가 코트 하나에 반해서 무리해서라도 사고 싶다, 어떻게 할까, 라고 물으면 나는 품절되기 전에 얼른 사라고 한다. 의외로 쇼핑을 하면서 홀딱 마음을 빼앗길 만한 코트를 만나기도 쉽지 않다. 하지만 남편감에 대해서 같은 질문을 하면 그렇게 대답 못 하겠다. 코트처럼 반품이나 교환이 가능하지 않기 때문이다.

반품, 교환, 환불, 수선, 재판매 등등이 모두 불가능하기에 원래 내가 선택한 때에 미처 보지 못했던 본질까지도 끌어안아야 한다. 그래도 이 남편이라는 코트는 입을수록 낡아가면서도 편안해지는 구석이 있다. 남의 것, 새것에 대한 아쉬움이 없다.

이번 주말에는 이 오래된 코트에 스팀 다림질 한번 먹여 함께 외출이나 해야겠다.

너는 일주일에 몇 번이나 하니?

부부관계가 소원한 부부들에 대한 이런 괴담을 접한 적이 있다.

남편이 성관계에 너무 관심이 없으면 게이일 가능성이 있다고!

커밍아웃을 하지 않은 많은 게이들이 안정된 사회생활을 누리기 위해 여자들과 결혼을 한다는 것이었다. 성욕을 느끼지 않더라도 성관계는 가능하기 때문에 일단 아내를 임신시키고, 임신과 출산, 양육 과정에서 여자의 성욕이 떨어지는 기간을 틈타 '육체관계가 없는 관계'가 당연한 것이 되도록 유도한다는 것이 이 괴담의 내용이다.

그런데 이게 마냥 괴담이라고만은 볼 수 없는 이유가 있다. 『킨제이 보고서』에 의하면 자연적으로 발생하는 성소수자의 비율은 동서고금을 막론하고 십 퍼센트 정도라고 한다. 열 명 중

한 명이라는 낮지 않는 비율임에도 나에게는 동성애자인 지인이 한 명도 없다. 커밍아웃이 곧 사회적 사형선고나 다름없는 우리 문화권에서는 충분히 있을 수 있는 일인 것이다.

그런데, 여기서 더 충격적인 건 바로 이 점이다. 게이인 남편이 평생 별다른 불편 없이 결혼생활을 유지할 수 있는 이 나라 부부들의 섹스 문화 말이다.

어느 영국 영화를 보는데 십오 년을 함께 산 주인공의 아내가 갑자기 이혼을 요구하는 장면이 나왔다. 놀란 남편은 당연히 왜 그러냐고 물어봤다. 이에 아내는 "더 이상 당신을 사랑하지 않아"라고 말했다. 나를 놀라게 한 건 그 말에 대한 남편의 반응이었다.

"어, 어떻게 그런 마음을 가진 채 나하고 살 수 있었어?"

그들은 바로 이혼했다.

나는 같은 장면을 한국 드라마나 영화에 대입해보았다. 아내가 당신을 사랑하지 않는다며 이혼을 하자고 한다면 남편들은 어떻게 반응할까?

"(실소하며)사랑 같은 소리 하고 있네. 할 일 없으면 발 닦고 잠이나 자."

열에 여덟, 아홉은 이런 반응일 것이다.

한국에는 오래 함께 산 부부가 가족애나 동지애 이상의 사랑을 한다는 것을 거북하게 여기는 인식이 남아 있다. 이건 이곳에서의 결혼이 가족이나 부족 간 거래의 수단에 불과했던 봉건시대에서 아직 완전히 벗어나지 못했다는 증거이기도 하다. 그 시대에는 아내와 사랑하는 남자는 얼간이 취급을 받았다.

사랑이란 호르몬의 유효기간이 지난 후 내버려두면 한없이 식게 되어 있는 것이다. 부부가 아내를 여자로 보지 않고 남편을 남자로 보지 않는 게 당연시 되는 분위기에서 사랑이 유지될 리가 없다. 상대를 이성으로 보는 사랑이 소멸되는데 성생활이 원활히 유지될 리가 없지 않겠는가.

성욕이라는 기본적인 욕구는 남아 있는데 실제로는 제대로 하고 있지 않으니 내가 정상인가라는 생각을 끊임없이 하게 된다. 그래서 조금만 허물없는 분위기가 잡히면 서로에게 묻곤 하는 것이다.

"너네는 일주일에 몇 번이나 하니?"

일단 정답부터 말해주자면, 성의학자들은 일 년에 열 번 이하로 관계를 맺는 것을 섹스리스로 본다. 그 이하라면 일단 정상의 범주 밖인 것으로 본다. 그런데 한 달에 한 번 겨우 무언가를 하고 있다고 무조건 좋아할 일은 아니다.

전에 읽은 실제 프랑스 노인의 일기에는 아흔 살이 넘은 할아버지가 아내와 사별 후 무려 네 명의 애인과 사랑을 나누는 내용이 나온다. 특히 팔십 대인 오랜 연인의 집에서 머무는 동안에는 하루에 네 번씩 사랑을 나누었다는 기록도 있다. 이건 프랑스 남자의 정력에 관한 이야기가 아니다. 책에는 본인이 전립선 절제 수술을 받았다는 내용도 있다. 백 년 가까이 산 인간이면서도 자신과 상대를 이성으로 보는 마음이 그런 관계를 가능하게 한 것이다.

그런데 이곳에서는?

나는 불과 며칠 전 막 결혼한 여성에게서 마흔이 넘어서도 섹스하는 사람들이 있느냐는 질문을 받았다. 농담 깨나 주고받는 중년 남자들은 툭하면 '가족과는 그런 짓 하면 안 된다'며 아내와의 관계를 희화화한다. 나이 든 사람을 성욕과 에로스적인 사랑이 거세된 인간이라고 보는 시각이 오히려 비정상적인 성문화를 양산한다.

나는 여자들이 남편에게 자신을 여자로 봐달라는 당연한 요구를 끊임없이 하면 좋겠다. 그리고 자신도 남편을 남자로 보려고 애쓰기를 바란다. 그래야 섹스가 사랑과 연결된 기분 좋은 행위가 된다. 어떤 아내가 남편이 부부관계를 요구하는 게 너무나 싫은데 억지로 응한다며 이렇게 말하는 것을 들었다.

"그래도 이렇게 나이 든 아줌마를 욕정의 대상으로 봐준다니, 그것만 해도 어디예요."

수많은 사건사고 기사들을 보라. 남자는 어린이나 노인, 심지어 동물이나 과일에도 욕정을 느낄 수 있는 존재다. 사랑이 없다면 섹스는 아무것도 아닌 것이다.

그리고 남자들은, 애정과 정성을 다해 '잘했으면' 좋겠다. 지하에서 활동하는 성관계 연구 전문가 – 그의 명함에는 '삽입 테크닉 전문가'라고 되어 있다 – 는 남자가 잘해야만 서로가 만족할 수 있다고 딱 잘라 말한다.

성욕을 식욕, 수면욕, 배설욕에 버금가는 인간의 기본 욕구로 여기면서도 그걸 평생 배우자와 하겠다는 생각은 미처 하지 못하는 우리는 반성해야 한다.

남편이 집안의 인기인이면 좋겠다

딸아이가 초등학생일 때 동네 친구들 예닐곱과 그 엄마들이 교외에 놀러 나가 하룻밤을 묵은 적이 있다. 아빠들까지 함께하려면 휴가를 맞추기가 복잡해지니 엄마들끼리만 시간을 내 훌쩍 떠난 것이었다. 아이들은 펜션 안팎을 뛰어다니며 물총 놀이를 하고 엄마들은 끊임없이 뭔가를 먹으며 수다를 떨었다.

숲이 있고 공기가 맑은 곳에서 내일 지구 종말이 오기라도 하는 듯 격렬하게 노는 아이들을 지켜보는 건 꽤 기분 좋은 일이었다. 아이들은 엄마들이 아무리 잔소리를 해도 손에서 놓지 않던 스마트폰을 한 번도 쳐다보지 않고, 별 놀 거리도 없는 곳에서 저들끼리 놀이를 만들어가며 놀았다.

오후 무렵, 나는 여전히 지치지 않고 놀던 남자아이 하나가 곁에 있던 다른 아이에게 하는 말을 우연히 듣게 되었다.

"야야, 진짜 재밌지 않냐? 만약 아빠들도 다 같이 왔다면…."

찰나였지만 아이들에게 미안하다는 생각을 했다. 아마 다음 말은 '훨씬 더 재밌었을 텐데'라든가 '아빠도 좋아했을 텐데'일 거라고 예상했던 것 같다. 그러나 앞말에 따라온 말은 이랬다.

"…하나도 재미없었을 텐데."

"맞아."

"그러게 말이야."

대체 아이들이 자라는 동안 아빠와의 사이에 무슨 일이 있었던 걸까? 나는 깊은 고민에 빠졌다.

아이가 더 어릴 때에는 출산, 육아, 가사에 몸이 녹아서 아이와 땀 흘리며 노는 게 힘들었다. 그런 나를 대신해 아이와 몸으로 놀아주고 자지러지게 웃게 만드는 게 남편이었다. 안온한 품을 제공하는 엄마와 달리 아빠는 아이에게 위험하지만 흥미로운 세상을 경험하게 해주는 존재였다. 그런 아이가 어느 순간부터 아빠와 멀어지기 시작했다. 그건 아이와 말로 소통하는 게 몸으로 노는 것보다 중요해지는 시기가 도래한 것과 일치한다.

며칠 전에는 저녁 식사를 하면서 모처럼 딸이 입을 열어 학교에서 있었던 일을 종알종알 얘기했다. 합창대회가 있었는데 딸아이네 반은 사정이 있어서 대회에 참가를 못 하고 관전만 했다는 것이었다.

"…그래서 우리 반 애들은 합창대회에 나가지 않기로 했어요. 근데 옆 반 애들은 팝송을 개사해서 담임선생님 이름을 집어넣었는데 그게 너무 웃긴 거예요. 반응이 진짜 좋았어요."

"와, 진짜 기발하다. 그래서 그 반이 일등 한 거야?"

"그게, 그렇지는 않았어요. 노래를 더 잘한 반이 있었거든요."

그때 남편이 대화에 끼어들었다.

"너희 반은? 너희 반은 상 받았어?"

순간 식탁 위에 냉기가 감돌았다.

"아까부터 얘기했는데…. 우리 반은 참가 안 했다고…."

아빠가 이제까지 자기가 한 말을 전혀 듣고 있지 않았다는 사실에 실망한 딸은 좀 짜증이 난 것 같았다. 하지만 그는 아이와 대화를 해야 한다는 의무감에 자꾸만 의미 없는 질문을 던졌다.

"그렇구나. 그럼 일등 한 반은 무슨 노래를 불렀는데?"

"합창할 때 막 춤도 추고 그러나?"

"참가 못 해서 속상하진 않았냐?"

…….

나는 사춘기 딸아이가 폭발하기 전에 그를 막아야만 했다.

한편, 요리하는 다정한 아빠로 소문난 남편을 둔 내 친구는 속 모르는 소리 말라고 한숨을 쉰다.

"주말에 인터넷 보고 애가 좋아할 만한 별미 요리는 다 해줘. 물론 고맙지. 근데 그게 애 입장에서의 배려가 아니라 자기 입장에서의 배려야. 요리를 이것저것 해놓고 애가 배부르다는데도 계속 먹여. 어제는 좀 더 먹으라고 끈질기게 애를 설득했는데 끝내 애가 울더라고. 애는 못 먹겠다며 서럽게 울고, 설거지거리는 산더미같이 쌓여 있고…. 나도 울고 싶더라. 가족을 위해 요리하는 것도 좋고, 다 좋은데 정작 우리 입장은 어떨지 생각 안 한다는 게 문제지."

전 생애를 통해 남의 말에 귀 기울이고 대화하는 법을 배우지 못한 아빠들은 막 세상과의 소통에 나선 아이들에게 마치 벽처럼 느껴진다. 공감과 이해가 필요한 아이들에게 자꾸 뭔가를 좋은 것이라며 무작정 강요하거나, 귀 기울여 듣지 않는 일방통행식 농담으로 아이와 친해지려는 노력을 했다고 생각한다. 이런 점을 이해시키려고 다른 가족들이 대화를 시도하면 곧 이런 답이 돌아온다.

"해줘도 난리야."

아마 아빠가 함께 왔으면 재미없었을 거라고 말했던 아이들은 여러 가족이 함께 놀러간 자리에서의 아빠들이 어땠는지 떠올렸을 것이다. 아빠들끼리 서로 친해지지 못해 분위기가 어색해지거나, 그 어색함을 타개해보려고 아이들을 따라다니며 저들끼리 노는 것을 방해하거나. 아빠들이 있었다면 펜션 거실 바닥에 퍼져 앉아 허물없이 수다를 떨고 있는 엄마들 사이의 평화로움도 없었을 거라는 걸 눈치챘을지도 모르겠다.

정보와 이해관계만 있으면 상호작용이 이루어지는 사회관계에 익숙해진 아빠들은, 성격이 다른 가정이라는 사회에서 자꾸만 민심(?)을 잃는 행동을 한다.

머리가 굵어질수록 아빠의 부족한 공감능력을 눈치채고 있는 딸아이 덕에 요즘 나는 우리 집에서 인기 1위다. 그런데 이거, 하나도 반갑지 않다. 우리 집 인기인 자리는 그만 남편에게 양보하고 싶다.

다른 여자들이 싫어하는 남자와는 나도 살고 싶지 않다

지하철 안에서였다. 맞은편 자리에 나란히 앉아 있던 젊은 여자 둘이 내 옆에 자리가 나자 재빨리 옮겨왔다. 다를 것도 없는 자리인데 왜 굳이 피곤한 귀갓길에 수고를 보탠 걸까 내심 궁금했는데, 아니나 다를까 그녀들은 자기들끼리의 대화로 이유를 자세히 알려주었다.

"좁고 냄새 나고… 숨 막혀 죽을 뻔했네. 이제야 좀 살 것 같다."

"대체 아저씨들한테서는 왜 저런 냄새가 나는 거야?"

"몰라. 짐작도 안 가."

이제 고통에서 벗어났다는 듯 한결 편안해진 얼굴로 본격적인 수다를 떠는 그녀들을 바라보며 나는 생각이 복잡해졌다. 그녀들이 옆에 앉기도 싫어하는 그 '아저씨들' 중 한 사람과 한 집에 살고 있기 때문이다.

모두는 아니지만 많은 중년 이상의 남성에게서 정말로 냄새가 난다. 나도 공공장소에서 그 체취에 놀라 기를 쓰고 자리를 피했던 경험이 적지 않다. 사춘기를 막 지난 소년들이나 활동량이 많은 청년들의 체취도 지독하지만 그 냄새는 원인이 뚜렷하다. 호르몬과 땀이다. 그런데 나이 든 남성에게서 나는 특유의 악취는 도무지 정체를 모르겠다. 혹자는 나이가 들면서 씻기를 게을리해서라고도 하고, 술과 담배의 대사 작용으로 땀샘에서 나는 냄새라고도 한다. 귀 뒤에 잘 안 씻게 되는 사각지대가 있는데, 꼼꼼하지 못한 중년 남성들이 그곳을 잘 안 씻어서 나는 냄새라는 설도 있다. 흡연과 노화 때문에 폐에서 걸러지지 못한 공기가 호흡으로 빠져나오기 때문이라는 해석도 들었다. 최근에는 장이 안 좋아서 나는 냄새라는 제보까지 접했다.

원인이야 어쨌건, 나는 밖에서 중년 남성의 지독한 체취에 시달린 날이면 집에 와서 남편에게 코를 들이대고 킁킁댄다. 그러고는 냄새가 나건 안 나건 꼼꼼하게 씻으라고 욕실에 몰아넣는다. 다음 날 입고 갈 셔츠 깃에 향수를 미리 뿌려두기도 한다. 나는 혹시 나와 한 침대를 쓰면서 사는 이 남자가 누군가에게 혐오나 기피의 대상이 되지 않을까 걱정된다.

가끔 나는 퇴근 후 텔레비전을 보며 퍼져 있는 남편의 얼굴을 말없이 한참 들여다본다. 식상한 로맨스 대사처럼 '보고 있어도 보고 싶어서' 보는 것이 아니다. 코털을 잘라야 할 때가 되지는 않았는지 뺨이나 귀 같은 곳에 왜 나는지 모를 긴 털이 자라 있지는 않은지, 뭘 바르고 다니는 걸 또 잊어서 각질이 허옇게 일어나지는 않았는지 점검하는 것이다. 내가 남편에 대해 정말 이해할 수 없는 것은 매일 아침 거울을 보면서 면도를 하는데도 자기 얼굴에서 무슨 일이 일어나고 있는지 전혀 모른다는 것이다.

종종 화가 나기도 한다. 다 자라다 못해 늙어가는 사람이 기본적인 몸단장조차 스스로 못해서 곁에서 일일이 챙겨야 한다는 것이 이치에 맞는 일인가 싶다. 그런데 방치하면 주인 없는 정원처럼 한없이 잡초가 자라고 망가져가는 모습에 이내 두 손 들고 만다. 곰곰 생각해보면 남자들을 내버려둔다고 스스로 하는 습관이 든다면 왜 '홀아비 냄새'라는 관용적인 표현이 생겨났겠나 싶기도 하다.

가끔 나이가 좀 있는 유부녀들은 이런 나에게 남편 외모를 왜 신경 쓰는지 이해 못 하겠다며 한 소리 하곤 한다.

"신랑 꾸며줘서 좋을 게 뭐가 있어? 그러다 바람피우면 어쩌려고?"

정말 그럴까?

젊은 여성들을 주된 독자로 두고 있고 그만큼 만날 일도 많은 나는 그녀들이 자신의 나이 지긋한 상사들을 어떻게 생각하는지 잘 안다. 그녀들은 점심 식사 후 '씁씁' 소리를 내며 입안 청소를 하는 행동에 비위 상해하고, 음식물 흘린 걸 목격한 바지를 며칠씩 갈아입지 않고 출근하는 것에 기함을 한다. 얼굴을 마주하고 보고를 해야 할 때는 콧구멍 사이로 길게 비어져 나온 코털 때문에 집중하기 힘들어 한다. 모른 척하지만 화장실에서 볼일을 보고도 손을 씻지 않는 것에 몸서리치기도 한다.

그런 그녀들이 한결같이 하는 말이 있다.

"부인은 도대체 저런 남자하고 어떻게 사는 걸까?"

세상의 모든 여자들에게 혐오의 대상이 되어서 외도 걱정이 없을 정도의 남자라면 나도 같이 살기 싫다. 남들이 훔쳐갈까 무서워 예쁜 코트 한 벌 못 사 입고 누더기 걸치고 다니는 것과 무엇이 다른가.

게다가 외도나 이성에 대한 편력은 의외로 남녀불문 외모와 상관관계가 없다. 성향, 가치관, 환경, 인성 등등이 훨씬 더 영향력이 큰 요소다. 좀 깨끗하게 해서 내보낸다고 한눈 팔 사람이라면 옆에서 어떻게 해도 허튼짓을 할 것이다.

생각난 김에 오늘 저녁에 남편을 만나면 위생 검사 한 차례 해야겠다. 요새 귀 뒤는 꼼꼼하게 씻고 있는지, 양치할 때 혀까지 닦는지, 샴푸할 때 기름기가 빠질 만큼 충분히 두피 마사지를 하는지….

이번 생애에는 즐기며 이 일을 하는 수밖에 없을 것 같다.

가끔은
부부끼리 호텔행

어쩌다가 명동 근처 특급호텔의 방이 아주 싸게 나온 걸 발견했다. 무엇보다 하루 종일 마음대로 드나들며 음식을 먹을 수 있는 클럽라운지라는 곳을 이용할 수 있다고 했다. 때마침 결혼기념일이 얼마 남지 않아 예약을 하지 않을 이유가 없었다. 여행도 아니면서 딸아이를 동반하지도 않은 호텔행은 처음이었다.

이십 년 가까이 프리랜서로 살아온 나는 보기보다 계획적인 인간이다. 탈고를 하고 빈둥거릴 때에도 계획적으로 빈둥거린다. 이번 호텔행에도 치밀하게 일정을 짰다.

체크인하고 오후 간식 먹기.

호텔 방에서 한 시간 쉬다가 근처에서 쇼핑하기.

쇼핑 다녀와서 티타임 메뉴 챙겨 먹기.

호텔 방에서 쉬다가 저녁 먹으러 나가기.

호텔 방에 돌아와 쉬다가 칵테일 메뉴 먹기.

근처 영화관에서 심야 영화 보기.

수면.

조식 먹기.

호텔 방에서 쉬다가 체크아웃.

남편은 흡사 호텔 음식을 감정하는 모니터 요원의 일정표 같다며 감탄했다.

사실 연애 때부터 자주 가던 번화가, 전 세계 어딜 가나 똑같은 호텔, 매일 보는 얼굴 등 너무나 익숙한 요소뿐인 1박 2일 여행이니 기대되는 것이라고는 먹는 일밖에 없었다.

단출하게 짐을 싸들고 나서는데 딸은 십여 년 전과는 달리 여행 가는 엄마 아빠에게 매달리지 않는다.

"혼자 괜찮겠어? 저녁에 할머니 오셔서 같이 있어주실 거야."

"굳이 할머니 오시게 하지 않고 혼자 자도 되는데…."

"그래도 밤에 아무도 없이 혼자 자면 무섭지 않아?"

"전혀 무섭지 않지만…. 뭐, 어쨌든 잘 다녀오세요."

내 염려와는 달리 우리가 있으나 없으나 별다를 게 없을 것 같은 얼굴이었다. 딸은 이제 자신만 성가시게 하지 않으면 부모가 뭘 하건 모두가 평화로울 나이인 것이다.

그렇게 해서 호텔 방과 그 바로 앞의 번화가를 오가는 계획적이고도 느슨한 일정이 시작되었다. 솔직히 내가 기대한 것은 청소나 끼니 때우기 등을 신경 쓰지 않아도 되는 완벽한 휴식 그 이상도 그 이하도 아니었다. 그런데 그게 의외로 꽤 재미있었다. 항상 사람이 많기 때문에 도착과 동시에 집에 가고 싶어지던 명

동이 다르게 보였다. 언제든 피곤해지면 누워 쉴 수 있는 호텔이 근처에 있다고 생각하니 어쩐지 피로감이 덜한 것만 같았고 관광객이 된 듯한 기분으로 윈도쇼핑을 할 수 있었다. 게다가 생각해보니 어수선한 명동길을 남편과 함께 걸어본 것도 기억이 나지 않을 정도로 오래된 일이었다. 연애 시절 남편이 내게 첫 선물을 사주었던 쇼핑센터는 스파 브랜드 매장이 되어 있었다. 나는 이십 년 전처럼 남편의 팔에 매달려 복잡한 길을 걷고 옷을 골라주었다.

음식도 맛있었다. 우리 부부는 열심히 먹다가 배가 부르면 그제야 대화를 시작하곤 했다.

계획대로 먹고 쉬기를 반복하다가 심야 영화를 보러 극장으로 나섰다. 우리는 그처럼 사람이 많은 동네의 극장에 그렇게까지 사람이 없을 줄은 몰랐다. 낮에만 북적거리는 쇼핑가인 데다가 주차가 불편해서 심야 데이트족한테도 인기가 없는 듯했다. 우리는 아무도 없는 극장에서 이제까지 존재하는 줄도 몰랐던 연인 전용석에 앉아 단둘이 영화를 봤다. 그건 드라마에서 재벌 애인이 통째로 대관을 해놓은 극장에서 영화를 보는 장면만큼 낭만적이지는 않았다. 오히려 무섭기까지 했다. 갑자기 문이 잠기고 미친 편집광이 전하는 죽음의 메시지가 스크린에 떠도 조금도 이상하지 않을 분위기였다. 영화 시작 전 우리는 그 으슬으슬한 기분을 떨치려고 셀카를 찍기 시작했다. 텅 빈 영화관을 배경으로 포즈도 잡고, 빨간 하트 모양 등받이의 연인 전용석에서 어색한 연인 흉내도 냈다. 어떻게든 우리가 찍고 있는 영화를 로맨틱 코미디 영화로 바꾸고 싶었다. 노력 덕인지 영화를 보는 동안은 남편의 어깨에 머리를 기대고 연인이던 시절로 잠깐 돌아간 기분을 느껴보기도 했다.

그러나 영화가 끝나고 돌아오는 길은 더 낯설었다. 언제나 사람이 많던 그 거리에 우리 말고는 아무도 없었다. 지구 종말의 날을 묘사한 영화의 한 장면 같았다.

먹방 예능, 공포, 로맨틱 코미디, 스릴러, 재난 영화 등등 그날 하도 여러 장르의 영화 장면을 경험해서였는지 정작 극장에서 봤던 영화가 무엇이었는지 도무지 기억이 나지 않는다. 한 가지 확실한 것은 익숙한 곳에서 익숙한 사람과 함께했던 그 하루가 기대와는 달리 아주 특별했다는 것이다.

물론 '호텔 숙박'이라는 비일상적인 단어가 주는 그렇고 그런 상황(?)도 패키지에 포함되지만 이런 짧은 여행이 주는 색다른 기쁨은 사실 그 이상이다.

모든 것이 낯선 여행길에서는 온통 외부 세계에 집중할 수밖에 없다. 그런데 익숙한 곳에서 한두 가지 요소만 바뀌는 이런 종류의 느슨한 여행을 할 때에는 동행인에 집중하게 된다. 같은 사람에게서 새로움을 느끼는 경험을 하게 되는 것이다. 이를테면 나는 그날 내가 왜 남편과 결혼했는지 기억해냈다. 오래전의 나는 남편과 함께 있다가 헤어져야 할 시간만 되면 우울해졌다. 나는 그와 헤어지지 않고 끝까지 함께 있고 싶어서 결혼한 것이었다. 이제는 함께 있는 게 지겨워져서 휴일에 각자의 취미를 찾아 밖으로 나서곤 하는 우리가 함께한 그 외출은 잃었던 기억과 감정을 잠시나마 되돌려주었다.

다만, 남편도 나와 같은 감정을 느꼈을 거라는 건 터무니없는 기대라는 걸 이젠 안다. 남편은 그저 호텔 침구가 편하고 음식이 맛있었으며 사람 없는 심야의 명동 거리가 신기했을 것이다. 뭐, 아무렴 어떤가. 나라도 좋았으면 됐다.

가사 분담,
그래도 포기하지 않는다

원고 마감을 앞두고 한창 바쁠 때였다. 그날 일을 끝내고 한숨 돌릴 틈도 없이 저녁밥을 지어 먹고 나니 갑자기 피로가 몰려왔다. 하지만 그때 설거지를 미루고 소파에 퍼져버리면 잠자리에 들기 전까지 못 일어날 거라는 걸 나는 알고 있었다. 어쩔 수 없이 무거운 몸을 움직여 설거지를 하는데 너무 힘들다는 생각이 들었다. 갑자기 고무장갑 위로 툭, 눈물이 떨어졌다. 요리는 내가 하고 밥은 다 같이 먹었는데, 왜 설거지도 내가 해야 하나, 더구나 나는 전업주부도 아니고 일을 하는데…. 억울하고 억울했다. 소파에 몸을 맡긴 채 느긋하게 텔레비전을 보고 있는 남편에게 일순간 살의를 느꼈다.

정도의 차이는 있겠지만 일하는 기혼녀들이라면 누구나 한 번쯤은 나와 비슷한 경험을 해본 적이 있을 것이다. 그도 그럴 것이 한국의 맞벌이 부부들의 평균 가사 노동 시간을 조사해보았더니 아내 쪽이 남편보다 여덟 배나 더 집안일을 많이 한다고 한다. 이는 아내가 전업주부일 때와 별반 다르지 않은 수치다. 사실 여성이 집안일을 더 많이 하는 것은 서구 쪽에서도 마찬가지이기는 하지만 우리는 정도가 심하다. 그렇다면 왜 유독 한국의 남편들만 이럴까?

첫 번째는 한국 사회에서 가장에게 기대하는 '책임감' 때문이다. 남성들은 능력 유무와는 상관없이 자신이 가정의 생존을 책

임져야 한다고 생각한다. 그래서 아내의 일을 시한부적인 것으로 여기게 된다. 실제로도 한국의 노동 시장 환경 때문에 대부분의 여성들이 육아와 직장을 겸하는 일에 한계를 느끼고 중도 이탈하고 있다. 남자들에게 집안일이란 '언젠가는 아내가 전담하게 될 일'이니 내킬 때만 도와주면 되는 것일 뿐, 결코 '내 일'이 될 수 없는 것이다.

두 번째 이유는 한국에서 먹고 산다는 일의 엄혹함이다. 출근 시간은 있으되 퇴근 시간이 따로 정해져 있지 않은 한국의 직장인들은 전 세계에서 가장 오랜 시간 일을 한다. 개인의 모든 생활을 희생하고라도 일을 최우선으로 여겨야 한다는 가치관 속에서 조직이 돌아간다. '아이를 데리러 가야 해서 일찍 퇴근하겠습니다'라고 말하는 사람은 끝까지 믿고 일을 맡길 수 없는 사람으로 분류되는 게 현실이다. 일하는 데에 너무 많은 에너지를 소진한 직장인들은 집에 오면 그저 쉬고 싶다. 할 수만 있다면 누군가에게 미루고 싶다. 그러다 보니 사회문화적 배경 때문에 가사에 보다 의무감을 느끼게 되어 있는 여자들이 자연스럽게 집안일에 나서게 되는 것이다.

세 번째는 남성성과 가사를 상극으로 보는 문화적 잔재 때문이다. 지금 우리의 남편들은 '남자가 부엌에 들어오면 고추 떨어진다'고 엄포를 놓던 어머니들 아래서 자랐다. 그 시절에는 학교에서도 '가사(家事)'라는 과목을 여학생들에게만 가르쳤다. 그냥 해도 힘든 일인데 어려서부터 '네가 할 일이 아니다'라고 배운 일을 나서서 하게 될 리가 없는 것이다.

이 모든 장애 요인에도 불구하고 나는 여성들에게 되도록 남편을 가사에 참여시키기를 권한다. 물론 나도 그러고 있다. 솔직히 말하자면 나는 내가 지치고 힘들수록 남편에게 집안일을 부탁하지 않는다. 그를 설득하고 언제쯤 그 일을 해줄 건지 물어보고 잊지 않았는지 확인하는 과정들의 스트레스가 내가 직접 할 때 드는 힘을 한참 웃돌기 때문이다. 그것도 어느 정도 에너지가 남아 있을 때나 할 수 있는 일이다. 아무래도 이번 생애에는 틀린 것 같은 가사 분담을 그래도 하려고 애쓰는 이유는 다름 아닌 남편을 위해서다.

어떤 조직이건 그 조직 안에서의 일을 함께하지 않는 사람은 진정한 조직원이 될 수 없다. 참여 없이 밖에서 돈만 대는 사람을 이름하여 스폰서(Sponsor)라고 한다. 스폰서는 돈 대는 일이 끊기면 인연도 끊기는 사람이다.

가사에 전혀 참여하지 않는 가장은 누가 어떻게 해서가 아니라 스스로 소외될 수밖에 없는데, 그 이유가 바로 여기에 있는 것이다. 일은 평생을 두고 보면 삶의 일부이지만 가정생활은 삶

자체다. 나뿐만 아니라 남편을 위해서도 집안일은 너무 늦기 전에 어느 정도라도 공유할 수 있어야 한다.

난 나도 포기한 것 – 남편이 집안일을 '내 일처럼 당연히' 하도록 만드는 것은 권하지 않는다. 불가능하기 때문이다. 누군가의 남편이 그렇게 한다면 그건 그녀의 행운일 뿐이다. 대신 조금씩 설득하고 칭찬해가면서 끌어들여보는 것이다.

그렇다. 피곤하고 짜증 나는 일 맞다. 하지만 어쩌겠는가. 내가 선택한 환경 속에서 그나마 가장 나은 방법들을 찾아내 실천할 줄 아는 게 어른인 것을.

가족을 상대로는 수수께끼를 내는 게 아니다

먼 곳까지 강연을 다녀와서 몹시 지쳤던 날이었다. 집에 돌아왔는데 딸아이가 거실을 잔뜩 어질러놓은 것을 보니 짜증이 올라왔다. 그 순간 끓어 넘치는 곰솥에 찬물 한술 붓듯 마음을 가다듬고 아이에게 부탁했다.

“엄마가 오늘 강연을 하고 와서 지금 굉장히 힘들거든. 좀 깨끗하게 해놓고 쉬고 싶은데 이거랑 저거, 그리고 저것 좀 치워줄래?”

청소 좀 하라고 잔소리를 하면 ‘헤헷’ 하고 웃고는 어물쩍 넘어가는 게 평소 아이의 모습이었다. 그런데 그때는 달랐다. ‘이것만 보고 조금 있다가 할게요’ 하는 식으로 시간을 미루지도 않고 곧바로 시키는 대로 하는 걸 보고 도리어 내가 놀랐다. 나는 그때의 내가 어떤 점에서 달랐는지 곰곰 생각해보았다.

피곤했던 내가 곧 쓰러질 것 같은 얼굴이었나? 그냥 그때 아이가 그러고 싶은 기분이었나? 여러 경우를 가정해보고 몇 번 적용해본 끝에 나온 유의미한 결론은 이거였다.

내가 원하는 것과 그 이유를 구체적으로 말했다는 것.

알고 보면 사람들은 많은 경우에 자신이 상대에게 원하는 것을 직접적인 말이 아닌 다른 것으로 표현한다. 위와 같은 상황에서 많은 엄마들은 – 실은 나도 – '왜 이렇게 더럽혀놨어?!' 하고 소리를 빽 지르고는 신경질적으로 청소를 한다. 사실 엄마들은 자신이 하고 싶은 말을 감정과 행동으로 대신 표현한 것이고, 이쯤 되면 아이가 눈치채고 청소를 해주기를 바란다. 하지만 그 모습을 본 아이는 자신이 청소를 해야 한다고 생각하기보다는 '엄마가 왜 또 저러지? 괜히 나한테 화풀이야' 하는 반발심을 느끼며 당황할 뿐이다.

우리는 생각보다 많은 상황에서 '내가 말하지 않아도 이쯤은 알아야 하는 거 아냐?'라고 생각하며 서로를 괴롭히곤 한다. 하지만 사람들은 서로의 기대보다 상대의 마음을 끔찍이도 못 읽어낸다.

원래 암시적인 말하기는 인간관계에서 아주 유용한 수단이다. 역사적으로 대중을 사로잡은 연설가들은 분명하게 보이면서도 내용은 알쏭달쏭한 메시지를 던지는 게 특기였고, 이성을 유혹하려면 암시적으로 의도를 표현하는 게 필수다. 사회생활에서는 만약에 대비해 자신을 보호하는 수단이 되기도 한다. 그런데 가족끼리는 그런 게 다 무슨 소용인가. 정글과 같은 세상에서 사력을 다해 생존하고 들어와 휴식을 취하고 보호를 받는 이곳에서만큼은 이중, 삼중으로 해석하지 않아도 서로 통하는 언어가 필요하다.

특히나 남편과 대화를 하다 보면 나도 깨닫지 못했던 언어의 원형을 영접하게 된다. 은유와 상징은 잘라내고 모든 빈 공간을 실질적인 언어로 채워 넣어야 제대로 된 소통이 가능하다는 것을 오랜 시간이 지나서야 알게 된 것이다. 한 마디로 말하자면 환장할 정도로 눈치가 없다.

이제 나는 이 남자가 나에게 너무 관심이 없구나, 내 마음을 이렇게 몰라주는구나 하며 속상해하는 대신 그때그때 내 상태를 정확히 알려주고 각각에 대한 행동 지령을 발표한다.

"내가 지금 우울해서 맛있는 걸 먹고 싶거든. 우리 고기 먹으러 나가자."

"지금부터 어떤 사람 욕을 할 테니까 토 달지 말고 무조건 내

편 들어줘. 여자들은 그렇게 하면 기분이 풀리거든."

"나 오늘 저녁엔 피곤해서 말하기가 싫어. 지금부터 뭘 물어봐도 대답 안 할 테니까 그렇게 알고 있어."

처음에는 '내가 이런 것까지 말로 해야 돼?' 하는 생각이 들기도 하고 그가 나를 이상하게 볼 것 같기도 했다. 하지만 그건 기우였다. 남편은 자기가 어떻게 하면 되는지 다 알려주는데 싫어할 이유가 없다고 한다.

실제로 남의 감정을 읽는 데 어려움을 겪는 남자들은 아내가 화가 나거나 우울해할 때 어떻게 해야 할지 몰라서 속으로 무척 난처해한다. 전에는 날 우울하게 한 만큼 남편도 혼란스러워하며 답을 찾는 게 당연한 벌이라고 여겼다. 그런데 그 혼란과 고통 속에서 답을 찾아내야 내 마음이 풀리는 건데, 그는 혼란스러워만 하고 답을 찾는 건 쉽게 포기했다. 그에게 수수께끼 내기를 포기한 다음부터는 모든 게 수월해졌다. 그냥 그가 잘못한 게 무엇인지, 지금 그 잘못을 만회하기 위해 해야 할 최선은 무엇인지 콕 집어 말해준다. 옆구리 찔러서 절 받는 격이지만 나를 위해 무언가 해주려는 남편의 모습을 보는 것만으로도 기분이 훨씬 나아지는 경험을 할 수 있다. 다행히 그런 것에도 학습이 이루어지는지, 나중에는 일일이 말하지 않아도 비슷한 상황에서 적절한 대응을 하기는 하더라. 물론 아주 많은 반복이 필요하다.

나는 이제 내가 이렇게 토라져 있으니, 이렇게 화가 났으니, 빨리 내 마음을 읽고 풀어달라고 무언의 요구를 하지 않는다. 너무 많은 메타포 속에서 살아와 아직까지도 쉽지는 않지만 오늘도 '대놓고 말하기'의 기술을 갈고 닦고 있다.

식물과 가족은 포기하는 게 아니다

내가 못 하는 여러 가지 일 중 독보적으로 못 하는 일이 있는데, 그건 바로 식물 키우기이다. 초록으로 생명의 빛을 내뿜던 녀석들도 내 손에만 들어오면 잎이 누렇게 뜨면서 병색이 완연해지곤 한다. 인터넷으로 정보 검색도 해보고 물도 잊지 않고 주는데 이유가 무엇인지 아직도 잘 모르겠다. 다만, 지인들이 신기해하는 것 한 가지는 내가 키우는 식물들이 또 웬만하면 죽지는 않는다는 것이다. 몇 달, 혹은 몇 년에 한 번씩 놀러오는 이들은 "재 지난번에 봤을 때 다 죽어가더니 아직도 살아 있네?" 하며 놀라움을 감추지 못한다. 나도 확신할 수 없는 우리 집 식물들의 생명 연장의 비밀을 굳이 따지고 들자면 아마도 나의 '게으름'이 그 원류가 아닐까 싶다.

부지런한 살림꾼들은 시든 식물이 집에 있으면 몹시 거슬려 한다. 이리저리 손을 써보다가 나아지는 기미가 없으면 포기하고 내다 버린다. 나는 '식물의 사체를 처리하는 일'을 번거롭고 끔찍하게 여겨, 있는 자리에 내버려둔 채 하던 대로 계속 물을 주곤 했다. 그러다가 죽은 줄로만 알았던 가지에 새순이 돋는 걸 발견하길 여러 차례. 식물의 생명이란 게 그리 쉽게 꺼지는 게 아니라는 걸 알게 되었다. 그래서 이제는 포기하지 않고 느긋하게 지켜본다.

나는 가족들과의 관계에서도 식물을 대하듯 지켜봐야 할 구석이 있다는 걸 자주 깨닫는다. 결혼 초 나를 우울증 직전까지 몰고 갔던 남편의 지나친 과묵함이나 초등학교에 입학할 때까지

도 낯선 사람만 보면 울거나 숨었던 딸의 내성적인 성격은 당시 내가 보기에 '죽은 식물'이었다. 처음에는 서툰 솜씨로 시든 가지를 잘라내고, 뿌리째 파내어 분갈이를 하고, 화학비료를 퍼부으며 나와 그들을 들들 볶아댔다. 하지만 모든 노력에도 불구하고 나아지지 않으니 포기하고 싶어졌다.

어느 순간 내가 틀렸다는 사실을 알게 되면서부터 식물을 기다리듯 그들을 기다리기로 했다. 그들을 가만히 지켜보고 그들이 조금이라도 나아지는 기미가 보이면 물을 주듯 칭찬을 했다. 그들이 윤기 나고 풍성한 잎을 틔우지 않는다고 안달하지도 않았다. 마른 가지에 초라한 잎 몇 개를 달고 있어도 그대로 받아들이기로 했다. 그러다 보니 어느 새 나무가 부쩍 자라 있는 걸 발견할 수 있었다. 봄을 맞으면 갑자기 잎이 번성하기도 했다. 내가 의식하지 못하는 사이 남편은 나와 대화하는 시간이 늘어났고, 딸은 모나지 않고 누구와도 잘 지내는 사춘기 소녀로 자라났다.

나는 가족과의 관계에 식물과 같은 숨은 생명력이 있다고 믿는다. 겉으로는 죽은 것 같고 살려낼 희망이 없어 보여도 포기하지 않고 지켜보며 물을 주다 보면 새싹이 돋을 거라고 말이다. 새순이 나무의 딱딱한 가지를 뚫고 나오는 데에는 오랜 시간이 걸린다. 기껏 돋은 새순은 또 어찌나 초라하고 잎을 틔우는 게 더딘지. 식물을 화분째 내다 버리지 않고 그 지난한 과정을 기다려주는 게 다름 아닌 가족이다.

요사이에는 몇 달 전 새로 들여놓은 녹보수 잎이 다 시들었다. 역시 내가 뭘 잘못했는지는 모르겠다. 겉보기에는 다 죽어가는 것으로 보이지만 봄까지 물을 주며 기다려보련다.

애 낳으면 생긴다는 건망증의 정체

좀 전에 침실에 있다 주방으로 나온 나는 한동안 멍하니 서 있었다. 내가 무슨 볼일이 있어 주방에 왔는지 도통 기억이 나지 않는 것이었다. 방문을 열고 나오는 그 이 초의 시간 동안 대체 나에게 무슨 일이 일어났던 것일까?

이런 기억의 증발은 아이를 낳은 이후 쭉 반복되었던 일이다. 이러다 리모컨이나 전화기를 냉장고에 넣는 날이 오겠다는 나의 넋두리에, 친구들에게서 '난 벌써 그래봤다'는 대답이 돌아왔다. 그녀들은 아이에게 살과 피를 나누어주면서 뇌의 기능까지 떼어주었나, 그래서 아이를 낳은 여자는 좀 모자랄 수밖에 없는 존재인가 싶어 서글퍼질 때가 많다고 했다. 돌이켜보면 산통을 겪을 때 어찌나 아프던지 혼이 나가는 느낌이기는 했다. 그때

머리가 손상됐다고 해도 전혀 이상하지 않을 것 같다.

하지만 이 말을 믿으시라. 우리의 뇌는 멀쩡하다. 아기를 태에 품고 키우는 과정에서 뇌가 망가졌다고 생각하는 건 이만저만 한 착각이 아니다. 우리의 기억력이 예전만 못한 건 아이를 낳고 나서 기억해야 할 사소한 일들이 너무 많아져서다.

뇌 과학자들에 의하면 깊은 집중력을 필요로 하지 않는 여러 뇌 활동을 한꺼번에 많이 하게 되면 뇌가 무력증에 빠지게 되고, 그 무력증은 단기기억상실을 일으킨다고 한다. 아기가 태어나면 한꺼번에 신경 써야 할 일들이 백배는 늘어나게 된다. 아기를 키우는 사람이라면 예방주사 접종 날짜와 간식이나 기저귀를 챙길 시간, 한 시간 전 세탁기에 돌린 세탁물을 널어야 한다는 사실, 공과금 마감 날짜가 내일이라는 것, 가스레인지 위에 올려놓은 찌개가 곧 끓기 시작할 거라는 걸 모두 동시에 기억하고 있어야 한다. 뇌가 과부하를 일으키지 않는 게 이상할 정도다.

그렇다면 왜 우리가 엄마가 됨과 동시에 아빠가 된 남편들은 전과 다름없을까?

남편들은 이런 일들을 곧잘 돕기는 하지만 뇌를 사용하지는 않는다. 나는 남편에게 '세탁기 좀 돌려달라'는 부탁을 한 번 하면 대략 열 개의 질문을 받는다.

'세탁물 분류는 어떻게 해?'

'세제는 어디 있어?'

'이 중 어떤 세제를 넣어야 해?'

'세제를 어디에 넣어야 하지?'

'세제는 얼마나 넣어?'

'섬유 유연제를 넣는 구멍은 대체 어디 있는 거야?'

'어떤 코스로 돌려?'

…….

사소한 일들을 일일이 신경 쓰고 기억하려 들지 않는 그들은 웬만해서는 일상생활에서 뇌를 혹사시킬 일은 없는 셈이다.

짧은 시간 안에 모든 것들을 기억하고 실행해야 하는 나는 종종 집에만 오면 바보가 되는 기이한 경험을 하게 된다. 고도의 집중력을 필요로 하는 바깥일은 실수 없이 잘하다가도 퇴근 후에는 반찬통 대신 무선전화기를 냉장고에 집어넣곤 하는 게 우리의 일상이다.

여자들만 경험하는 이런 건망증은 우울증과도 관련이 아주 깊다. 사소하지만 수다한 활동에 무력해진 뇌는 우울증에 아주 취약하다고 한다. 이쯤 되면 우리도 건망증을 출산 탓으로만 돌리지 않고 뭔가 해야 하지 않을까?

먼 옛날부터 남자가 사냥 나간 사이 주거지와 아이들을 돌보아야 했던 여자들은 어쩔 수 없이 많은 수의 일을 신경 쓰고, 기억하고, 감당해야 했다. 우리를 사소한 기억의 홍수로 밀어 넣는 가정으로부터 가끔 벗어나는 일이 그래서 필요한 것이다. 또 좀 더 깊은 뇌 활동을 필요로 하는 일에 정기적으로 몰입하는 것도 좋다. 새로운 취미 활동이나 심도 있는 독서 같은 것 말이다. 다이어리에 사소한 것까지 기록해두어 기억해야 할 일의 숫자를 줄이는 것도 좋다.

나는 이제 가족들이 내 건망증을 탓하고 놀려도 당당히 말한다.

"당신들이 기억해야 할 것까지 내가 다 기억하느라 과부하가 일어난 거야."

끝내 먹고 난
우유갑을 치우는 사람은 누구인가?

결혼한 지 한두 달쯤 되었을 때던가. 하루는 남편이 거실 탁자 한 구석에 놓여 있는 빈 우유갑을 가리키며 말했다.

"저거 요구르트 만들어 먹으려고 숙성시키고 있는 거야? 본 지 꽤 된 것 같은데 언제 치울 거야?"

그 우유갑은 잘 기억나지도 않는 그 언젠가 텔레비전을 보며 마시고는 무심코 내려놓은 것이었다. 무슨 이유에서인지 나는 청소할 때에도 그걸 치워야겠다는 생각을 하지 못했고, 얼마 후 눈에 띄었을 때에는 만지기조차 끔찍해 그냥 외면해버렸다. 이후에는 그냥 잊고 있었다. 그 우유갑은 탁자나 텔레비전처럼 아주 당연한 양 놓여 있었다.

남편의 말에 우유갑의 존재를 의식하게 된 나는 아주 한참 동안 그것을 보고 있었던 것 같다. 그건 스물다섯 어린 나이에 결혼과 함께 시작된 내 인생의 독립에 대해 깊게 생각해본 첫 사건이었다.

결혼 전에는 내가 먹고 난 쓰레기를 치우지 못하고 나가더라도 돌아와보면 감쪽같이 사라져 있었다. 사실 나는 그게 치워졌다는 것조차 알아채지 못했었다. 나는 집안일을 꽤 돕는 딸이긴 했지만 정말 정말 우유갑을 치우기가 싫다면 하지 않을 수 있었다. 마지막까지 버려지지 않는 빈 우유갑이 있다면 그걸 끝내 치울 누군가는 내가 아니었다. 그 '누군가'는 언제나 엄마였다.

탁자 위의 빈 우유갑을 코를 싸쥐고 치우면서 가장 먼저 떠올린 건 엉뚱하게도 '엔트로피의 법칙'이었다. 모든 물질들은 엔트로피가 증가하는 방향으로 변화한다는 것. 다시 말해 세상만물은 그냥 내버려두면 쓸모 있는 것에서 쓸모없는 것으로, 질서에서 무질서의 상태로 진행된다는 의미다. 이제 내게는 내 인생이 엔트로피가 증가하는 상태로 치닫는 걸 막아줄 사람이 없었다.

진짜 어른이 된다는 게 이런 거라는 깨달음이 해일같이 몰려왔다. 내가 피하고 싶은 일을 방치하다 보면 어찌어찌 누군가가 해결해주는 일은 이제 내 인생에서 다시는 벌어지지 않는다는 것을 말이다. 내가 직접 몸을 움직여 내 손으로 버리지 않는다면 그 우유갑은 십 년이 지나도 그 자리에 그대로 있을 것이었다. 이젠 내 삶에 속한 것을 그 누구에게도 미룰 수 없다는 진실이 와락 덮쳐왔다. 이제는 모든 걸 내가 해야 하는데 나는 너무나 무지하고 무능했다. 빈 우유갑 하나에 남은 인생의 무게를 한꺼번에 체감하는 기분이란 참 묘한 것이었다.

이후 엔트로피의 증가를 막기 위해 사투를 벌이면서 더 절실하게 깨달은 것은, 결국 내 인생이 좋은 방향으로 나아갈 수 있도록 해줄 수 있는 사람은 언제나 '나'뿐이라는 것이었다. 남편이 내가 먹고 던져둔 우유갑을 대신 치워주는 다정하고 부지런한 사람이었다고 해도 마찬가지였을 것이다. 내 몫의 책임을 남에게 슬금슬금 떠넘기는 어른이란 끝까지 행복할 수 없다.

책임이란 곧 자기결정권을 뜻한다. 이제까지 인류가 발견한 정신과 마음의 법칙을 동원해보면 아무리 좋은 삶의 여건들을 누린다 해도 자기 결정권이 없으면 불행할 수밖에 없다는 결론이 나온다. 아무리 작은 질서라도 내 책임 아래서 내가 만들어낸 것일 때에 살아 숨 쉬는 일을 보람으로 여길 수 있는 게 사람이다.

스물다섯 살 나에게는 싱그러운 젊음과 아름다운 청년인 남편이 있었다. 하지만 삶에 대한 통제력이 없어서 혼란스럽고 불행했다. 마흔 세 살의 나는 여전히 인생은 알 수 없는 거라고 느끼지만 무슨 일이 생겨도 내가 책임을 질 수 있다는 자신감만은 단단하다. 그래서 지금 보내고 있는 현재를 누리고 음미할 수 있다. 내가 대단한 능력이 있어서 뭐든 다 할 수 있다는 게 아니라 못 하는 건 못 하는 것대로 포기하는 선택도 자신 있게 할 수 있다는 뜻이다. 예전의 내가 선택하기를 포기하는 사람이었다면 지금의 나는 포기하기를 선택할 수 있는 사람이다. 이건 엄청나게 다른 것이다. 전자가 엔트로피를 증가시키는 삶이라면 후자는 엔트로피의 증가를 막는 삶이다.

아직도 내 인생에는 내가 치워야 할 빈 우유갑이 산더미다. 늘 숙제는 있고 불안하다. 하지만 불안조차 껴안은 채로 살 수 있어도 마냥 좋을 수 있는 게 나이 듦의 매력이 아닌가 싶다. 정말로 나는 신이 나타나 그 시절로 돌아가게 해준다고 해도 단번에 거절할 자신이 있다. 지금 옆에 있는 시커먼 영감탱이가 옛 사진 속 훤칠한 청년으로 바뀐다고 해도 말이다. 난 지금이 좋다.

'인간의 개성화 과정,

즉 원가족에서 정신적으로 분리되는 것은

마흔이 되어서야 끝이 난다.' _카를 융

'여자가 결혼하고도 하기 좋은 일'이 따로 있을까?

슬슬 사회생활에 진력이 나기 시작하고 구체적인 결혼 계획이 서는 서른 무렵의 여자들에게 결혼 후에도 계속 일을 할 거냐고 물으면 그녀들은 오히려 내게 되묻는다.

"여자가 결혼하고도 계속하기 좋은 일이 뭐가 있을까요? 지금부터라도 회사 그만두고 준비하고 싶어요."

숨겨진 마법의 직군을 소개해줄 수 있으면 좋으련만 내 대답은 한결같다.

"단언컨대, 그런 일은 없어요."

그녀들이 말하는 '결혼하고도 계속하기 좋은 일'이란 시간에 구애 받지 않는 프리랜서나 육아 휴직, 정시 퇴근, 정년 보장이 되는 직장을 뜻한다. 다시 말해 개인 시간이 많으면서도 임신과 출산 때문에 잘릴 염려가 없는 일이다. 그런데 나는 아직 이런 직업을 발견하지 못했다.

우선 프리랜서는 생각만큼 '프리'하지 않다. 자리를 잡기 전까지는 직장인보다 더 많은 시간 동안 적극적으로 일해야 한다. 프리랜서라는 이유만으로 덮어놓고 부러움을 사고 있는 나는 그녀들이 꼬박꼬박 월급 나오는 직장 생활을 시작할 때 궁핍과 불안을 견디며 일해야 했다. 소속감 없이 그런 기약 없는 시간을 버티는 건 쉬운 일이 아니다. 나와 비슷한 직업을 가진 이들 중 왜 유독 독신이 많은지 곰곰 생각해보면 알 수 있는 일이다.

얼마 전에는 마감에 쫓기며 원고를 쓰다가 된몸살에 앓아누웠다. 조금 나아져서 일을 하면 더 악화되기를 반복하기에 아예 작정하고 드러누웠다. 그 며칠 동안 침대에서 웹툰 하나를 골라 한꺼번에 봤다. 그런데 몇 년에 걸친 연재 기간 동안 수시로 뜬 공지를 보니 '작가의 건강상 문제로 이번 주는 휴재합니다'라는 내용이 숱하게 올라와 있는 것이었다. 특히 뒷부분으로 갈수록 더 잦아지다가 장장 반년 동안 장기 휴재를 하기도 했다. 환자가 되어 그걸 보고 있자니 만화의 내용보다 창작하는 이들의 이 고질병에 더 공감이 갔다.

다른 직종의 프리랜서도 만만치 않은 건 마찬가지다. 그들은

거의가 오랜 세월 직장인으로 경력을 쌓으면서 인맥과 실력을 다진 사람들이다. 아이를 유치원 보내고 난 오전 몇 시간 동안만 우아하게 일하다 나머지는 주부로 살 수 있는 직업은 텔레비전 정보 프로그램 속에나 존재하는 것이다. 자기 일을 치열하게 하다 보면 어쩌다 프리랜서가 되는 것이지, 프리랜서가 되기 위해 특정 직업을 택하는 사람은 거의 없다.

최근 고용 시장의 불안으로 교사나 공무원 같은 직업군의 진입 장벽이 엄청나게 높아졌지만 결혼하고도 일을 놓고 싶어 하지 않는 똑똑한 여자들이 많아진 것도 한 이유다. 그런데 이 일들도 곁에서 지켜보면 '기혼녀가 하기에 좋은 일'이라기에는 곤란한 점이 많다. 교사는 자기 아이의 입학식이나 졸업식에 결코 참석할 수 없는 몇 안 되는 직업 중 하나이며 웬만한 일이 아니고서는 결근을 할 수 없다. 수업이 끝나면 바로 퇴근할 것 같지만 수업 외 잡무가 상당해서 우리 생각만큼 느슨한 직업이 아니다. 게다가 만만치 않은 요즘 학부형을 상대하는 일에서 오는 스트레스는 상상 초월이라고 한다.

공무원은 어떨까? 공무원인 지인들을 보니 열 시가 넘어서 퇴근하는 날이 부지기수고 비상소집이라도 떨어지면 주말에 아이를 업고 달려 나간다. 요즘에는 격무에 시달려 연금까지 포기하고 조기 퇴직하는 사람들도 꽤 있다고 한다.

여자들이 교사나 공무원을 '결혼하고도 할 수 있는 일'로 생각하는 것은 그 일이 덜 힘들어서가 아니라 오로지 '결혼했다고 해서 자르지는 않는 일'이기 때문이다.

대사관에서 일을 해 오후 네 시면 퇴근하는 지인이 있었다. 일의 특성상 성과에 대한 압박이 없는 일이었는데도 아이를 하나 더 낳으면서 일을 그만두었다. 전문병원 원무과에서 일하던 지인도 야근과 업무 스트레스가 없어서 모두가 부러워했지만 역시 결혼과 함께 사표를 냈다.

아무리 상대적으로 쉬운 일이라고 해도 그것이 하나의 '직업'이라면 온 힘을 다해 견뎌내야 하는 한계 상황에 주기적으로 부딪히게 된다. 여자들이 일을 계속하는 것은 그 한계 상황을 이겨낼 동기가 있기 때문이지, 일이 쉽기 때문이 아닌 것이다.

결혼한 여자에게는 남자와 달리 '일을 하느냐, 안 하느냐'라는 선택지가 주어진다. 여자들에게 필요한 건 '여자가 하기에 쉬운 일'이 아니라, 선택의 여지가 없는 남자들보다 더 강력한 동기를 만드는 것이다.

내 경우에는 할 줄 아는 다른 일이 없는 무능력과 가난, 그리고 좀 쓸모 있는 사람이 되고 싶다는 욕구가 동기였다. 겹겹의 삶의 악조건들과 우울증으로 살고 싶지 않았을 때, 이 일이 유일한 탈출구였기에 '목숨 걸고' 할 수 있었다.

그런데 요즘 들어서는 동기만 확실하다면 굳이 예전의 나처럼 비장하게 굴지 않아도 새로운 일을 찾을 수 있겠다는 생각이 든다. 살면서 경험하고 보아왔던 것들, 알게 모르게 익숙해진 세상이 오히려 모든 시작의 문턱을 낮춘다는 느낌이다. 요즘 가장 각광 받는 교육 컨설턴트인 내 지인은 오랜 시간 전업주부로 살다가 사십 대 후반이 되어서야 일을 시작했다. 자식들을 교육해 명문대에 진학시킨 후, 그 노하우가 아까워 공유하고 싶어진 게 동기였다. 아이를 낳고는 사업체를 접고 전업주부로 살다가 깨달은 바가 있어 일하는 엄마들을 교육하는 연구소를 차린 후배도 있다.

아무리 봐도 '여자가 하기 좋은 일'이라는 건 따로 존재하지 않는 것 같다. 그저 '간절하게 일하고 싶은 여자'가 있을 뿐.

누가 워킹맘과 전업맘을 적이라고 하는가

내년에 아이가 초등학교에 입학한다는 후배는 벌써부터 걱정이 많다. 아니, 거의 공포에 떨고 있다. 임신과 출산, 그리고 젖먹이를 떼어놓고 울면서 출근하던 고비까지 잘 넘긴 수많은 선배들이 아이의 초등학교 입학이라는 산을 넘지 못하고 사표를 내는 걸 숱하게 봐왔기 때문이다. 고민이 한 보따리인 후배는 예전에 신문에서 읽었다는 기획 기사를 인용하며 또 다른 걱정거리를 털어놓았다.

"언니, 전업주부들이 일하는 엄마들을 왕따 시킨다면서? 아이가 어릴 때는 엄마 친구가 곧 아이 친구라는데 내가 일 계속하면 우리 애도 왕따되는 거 아닐까?"

후배의 눈에서 진심 어린 염려를 읽어낸 나는 적이 놀랐다. 전업주부들이 일진도 아닌데 왕따라니!

솔직히 말하면 나도 아이가 초등학교에 들어가기 전까지만 해도 전업맘과 워킹맘의 대결 구도를 어느 정도 기정사실화하고 있었다. 전업맘들은 워킹맘들이 자신들을 무지렁이 취급하며 잘난 척한다고 생각하고, 워킹맘들은 전업맘들이 자신들을 질투하며 쓸데없이 학교에 치맛바람을 일으킨다고 여기며 서로를 껄끄러워한다고 말이다. 모두 언론과 드라마 같은 곳에서 그려지는 모습을 그대로 받아들였기 때문이다. 일하면서 아이 키우는 여자들과 살림과 육아에만 전념하는 엄마들의 생활 패턴이 다르니 어느 정도 이질감이야 있겠지만 요즘 세상에 일한다는 이유만으로 같은 여자를 따돌리는 주부 집단이 존재할 리 없다. 나 자신이 학부형이 되고 양쪽 경계를 오가다 보니 이런 말이 편견이라는 것도, 왜 그런 말이 나온 것인지도 대략 이해가 된다.

요즘 여성들은 교육 수준이 높다 보니 전업주부들도 다들 한때는 한 가닥 하는 커리어우먼이었다. 학교 졸업하고 세상 물정 모른 채 결혼하는 여자들이 오히려 드문 편에 속한다.

그래서 워킹맘들을 질투하기보다는 그녀들의 어려움을 이해하는 쪽에 가깝다. 또한 그 대척점에 있을 것만 같은 워킹맘들도 전업맘들을 무시할 처지가 못된다. 당장의 생계 유지나 경력 단절이 무서워 계속 일은 하고 있지만 하루에도 수십 번씩 사표를 내고 싶은 그녀들이다. 그녀들은 사실 학부형으로서 더 많은 정보와 인맥을 쥐고 있는 전업맘들과 조금이라도 친해지고 싶다.

나는 곧 워킹맘의 처지에 놓이게 될 후배에게 한 가지 조언을 해주었다. 너무 겁내지 말고 살던 대로 살라고. 대신 나중에 회사에 있더라도 아이가 친구네 집에서 폐를 끼치고 있지 않은지 수시로 확인을 하라고. 그리고 어쩌다 그런 일이 생기면 그쪽 엄마에게 고마움을 표시하는 걸 잊지 말라고. 그러면 왕따 걱정은 없을 거라고 말이다.

간혹 워킹맘들 중에는 자기 아이가 친구 집에서 놀고, 그 뒤치다꺼리를 그 집 엄마가 하는 것을 대수롭지 않게 생각하는 이들이 있다. 이웃 전업주부 엄마가 내 아이를 돌볼 의무가 없는 게 당연한데도 일과 가정을 병행하는 게 너무 힘든 나머지 그 사실을 잊게 될 때가 있는 것이다. 물론 전업맘들도 처음에는 호의로 아이를 거둬주지만, 같은 일이 반복되고 상대방 엄마가 이를 당연하게 여기는 눈치면 슬슬 그 집 아이와 멀어질 준비를 하게 된다. 그걸 편협한 전업맘들의 따돌림이라고 해석해서는 곤란하다. 그 어떤 것이건 호의를 주고받아야 균형 있게 유지되는 것이 인간관계인데 이건 한쪽으로만 너무 치우친 것이니 말이다. 이

건 집단의 특성이라기보다는 인간과 예의, 그리고 존중에 관한 문제다. 종종 이런 문제로 사이가 벌어지는 경우가 있지만 워킹맘, 전업맘 구분 없이 잘들 지내는 게 보통이다.

나는 이제 '여자의 적은 여자다'라는 말이 그만 오가는 세상에서 살고 싶다. 남녀 임금 격차로 십수 년째 OECD 1위를 차지하고 있고, 성(性)격차 지수가 이슬람 국가들과 함께 세계 최하위권인 나라에 살면서 여자의 적이 여자라니. 좁은 입지에서 서로 경쟁하다 보니 여자들끼리 부대끼는 건 당연한 건데, 보다 운신이 자유로운 남자들은 그걸 구경하며 '여자의 적은 역시 여자'라고 말한다. 그리고 몇몇 여자들은 당장 자신을 짜증나게 하는 여자를 보며 그 말을 따라 한다.

어떤 여자가 상처를 주었다면 그 사람이 나쁜 거지 여자가, 전업맘이, 워킹맘이 나쁜 게 아니다.

많은 것들이 빠른 속도로 변하고 있는 이 시대에 전업맘과 워킹맘은 적이 아니라 오히려 서로 도와야 할 아군이다. 워킹맘들은 전업맘들이 키우고 있는 딸들이 나중에 여성으로서 당당히 일을 할 수 있게 힘들게 길을 닦고 있는 사람들이고, 전업맘들은 워킹맘들 일터의 구성원들을 후방에서 지원해주는 인력이다.

나는 주변에서 워킹맘들과 전업맘들의 아름다운 공조를 많이 보아왔다. 전업맘들은 워킹맘들이 일 때문에 정말 급할 때 육아 도움을 주고, 워킹맘들은 사회망과 정보력으로 필요할 때 적절한 도움을 준다.

보다 젊었을 때에는 이웃들과 단절되어 있는 삶이 더 자유롭고 편안했는데 이제는 딸 덕분에 반강제로 연결되었던 학부형들, 즉 '동네의 그녀들'과 친구가 되어서 다행이라는 생각이 들 때가 더 많다. '똘이 엄마'라고 불리는 여자와 친구면서도 정작 똘이가 누구인지는 모르는 모순이 있긴 하지만 뭐 어떤가.

안 주고 안 받는 것보다 서로 주고받는 게 더 좋다. 그런 것들이 세상이 더 살 만하다고 느끼게 해준다는 걸 알게 되어 다행이다.

워킹맘
잔혹사

내가 '국민학생'이던 시절의 어느 여름이었다. 모처럼 가족과 휴가를 떠난 강가에서 동생과 놀다가 나는 엄마의 비명을 들었다.

"어머! 내 모자! 인숙아, 엄마 모자!"

돌아보니 정말 엄마의 모자가 내 바로 옆으로 살랑살랑 떠내려가고 있었다. 모자를 앞서가 물에 뛰어들면 쉽게 잡힐 것 같았다. 나는 맹렬하게 모자를 따라 강가를 달리다가 갑자기 나타난 작은 둑 아래로 곤두박질치고 말았다. 그곳이 모래가 아닌 돌밭이었기에 나는 꽤 다쳤던 모양이다. 땅에 곤두박질쳐지는 순간 숨넘어가게 아팠던 기억이 아직도 생생하다. 마지막으로 기억하는 것은 엄마의 울음 섞인 외침이었다.

"내 잘못이야. 그깟 모자가 뭐라고…."

그 작은 사건이 있은 후 삼십 년이 지났는데도 아직도 엄마는 그 일을 자책하며 가슴 아파 한다. 엄마란 그런 일을 좀처럼 잊지 못하는 존재인가 보다. 그건 나보다 엄마에게 더 잔혹한 사건이었다.

요즘 워킹맘들의 이야기를 듣다 보면 다들 어미로서 결코 잊을 수 없을 잔혹한 사연 하나씩은 품고 산다는 것을 알게 된다. 한 엄마는 유치원 쉬는 날인 것을 깜박하고 아이를 유치원 현관에 내려놓고 출근했다고 한다. 아이는 닫힌 유치원 문 앞 계단에 앉아 선생님이 나타나기를 기다렸다. 해 질 무렵 원장님이 유치원에 물건을 가지러 우연히 들렀을 때까지 아이는 꼬박 그렇게 앉아 있었다고 한다.

은행에 다니던 한 엄마는 어느 날 보육 도우미 아주머니가 연락도 없이 오지 않아 애를 태웠다. 하지만 하필 지점의 열쇠를 가지고 출근한 날이라 결근을 할 수도 없는 노릇이었다. 여기저기 전화를 돌려보다 입술이 타들어가던 엄마는 곤히 자고 있던 돌쟁이 아기를 혼자 두고 울면서 회사로 나갔다. 문을 열고 급하게 회사에 월차를 내고 몇 시간 후 집에 돌아와보니 아기는 엄마를 찾으며 어찌나 울었는지 목이 다 쉬어 있더란다.

내가 막 작가로서 경력을 쌓아가고 있던 무렵, 딸은 어린이집에서 가장 집에 늦게 가는 아이였다. 뒤늦게 어린이집 선생님이 된 친구의 말을 들으니 귀가가 시작되면 아이들은 그 어떤 놀이에도 집중하지 못하고 엄마를 기다린다고 한다. 그 말은 새삼 뾰족한 돌이 되어 내 가슴에 날아와 박혔다. 친구들이 하나하나 불려나가 집에 돌아가는 것을 보며 온 마음으로 엄마를 기다렸을 딸의 모습은 여전히 내게 아픈 그림으로 남아 있다.

나는 아이를 키우는 일은 엄마만의 일이 아니라고 생각하고, 모든 여성이 모성을 품은 채로 태어난다는 편견에도 동의하지 않는다. 하지만 필요할 때 항상 함께 있어줄 수 없는 아이에 대한 안쓰러움은 결국 엄마의 몫인 것 같다. 그래서 그 힘든 임신 기간과 도무지 잠을 잘 수 없는 영아기까지 잘 버텨낸 숱한 워킹맘들이 아이의 초등학교 입학을 계기로 사표를 쓰는 것이다. 엄마의 빈자리가 잔혹한 그림으로 남게 되는 사건이 점점 다양해지고 많아지는 시기니까.

어떤 이는 견디지 못하고 가정으로 돌아갔고, 또 다른 이들은 남아서 여전히 워킹맘으로 살아가고 있다. 나를 포함한 그 모두가 아이에 대한 상처를 갖고 있지만, 일하는 엄마로 남은 내가 돌아볼 때 한 가지 깨닫게 되는 것은 그것 또한 하나의 과정일 뿐이었다는 것이다. 엄마의 렌즈로 볼 때 애틋하기 짝이 없는 사건들은 각자가 선택한 삶으로 나아가면서 자연스럽게 나온 부산물일 뿐 특별한 의미를 가진 사건도, 아이 성장의 결정적인 장애물도 아니더라는 말이다.

앞으로도 일을 하는 많은 엄마들이 헤아릴 수 없이 많은 육아 잔혹사를 쓰게 될 것이다. 이 사회에서 과도기에 있는 많은 문제들이 해결되지 않는 한 당분간은 그럴 것이다. 힘든 사회생활과 육아까지 떠안은 그녀들이 부디 그것을 '나쁜 엄마 잔혹사'라고 여기며 자책하지 않기를 바랄 뿐이다.

Respect!
No problem
My Twenty? 20
20 minutes
엄마공부

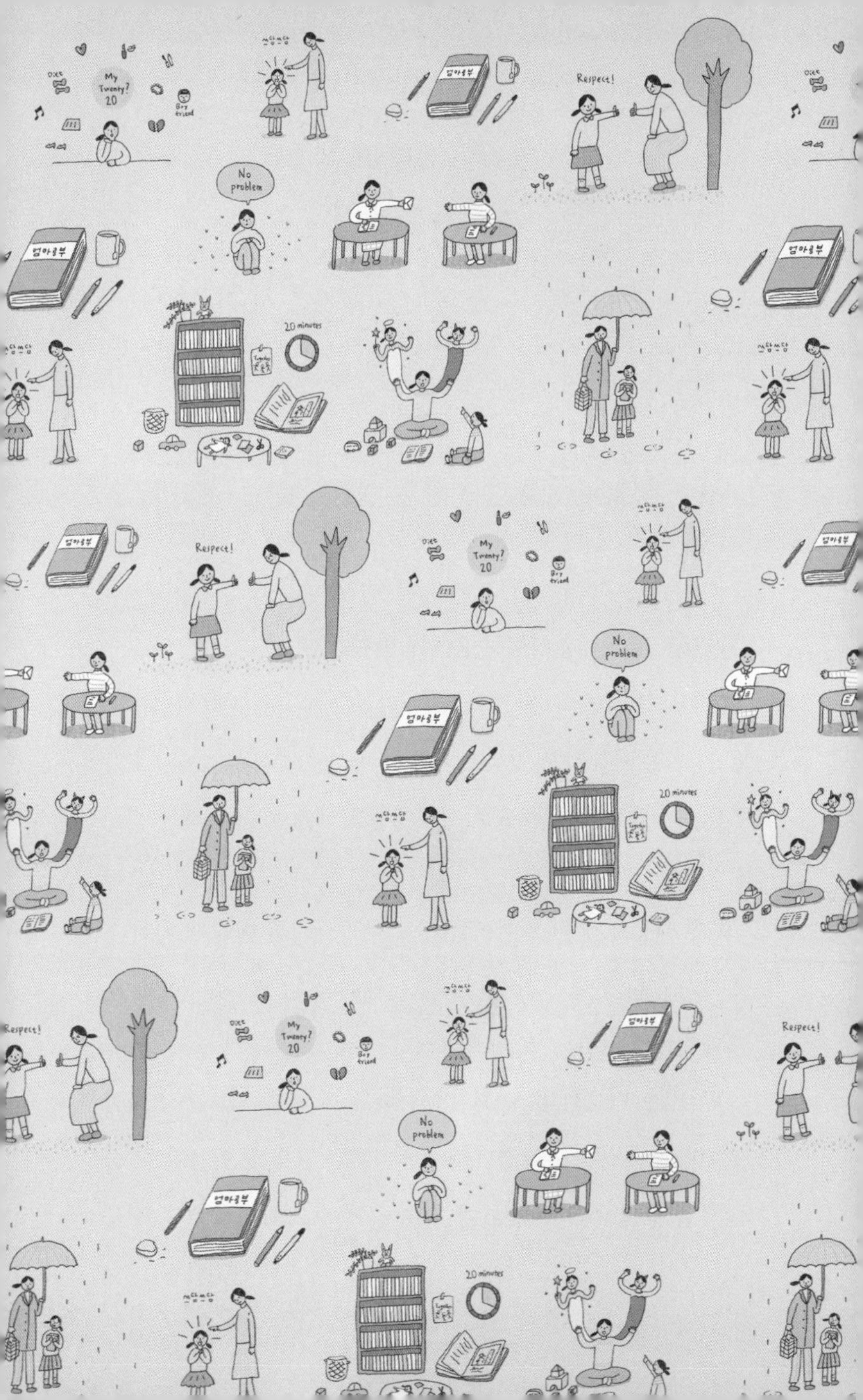

My Twenty? 20
Diet
Boy friend
Respect!
No problem
엄마공부
20 minutes

과거의 나로부터
메시지를 받다

아기였을 때부터 딸아이는 포기가 빨랐다.

안 된다는 말을 두 번 할 필요가 없었고, 친구들과의 다툼에서도 포기가 빨라 양보 잘하고 의젓한 아이로 소문이 났다. 그 유명한 마시멜로 실험 비슷한 상황에서도 과자에 손을 대는 법이 없었다.

이제 사춘기가 된 딸아이는 부모와의 대화를 빨리 포기한다. 몇 마디 하다가 내가 자기 마음을 이해하지 못하는 것 같으면 바로 대화를 포기하고 입을 닫는다.

지난번도 비슷한 경우였다. 아이와 둘이 밥을 먹으면서 이야기를 하는데 갑자기 표정이 어두워지더니 입을 꾹 다물고 몇 술 뜨다 만 음식을 그대로 둔 채 일어나 제 방으로 들어갔다. 영문을 모르겠어서 따라 가보니 문이 잠겨 있었다. 문고리를 붙들고 '다 들어줄 테니 네 생각이라도 말해보라'고 달랬지만 안에서는 미동도 없었다.

돌아와 밥상을 치우는데 우울하기 짝이 없었다. 도대체 자식을 낳는다는 것이 인간인 우리에게 무슨 의미인가. 자식을 낳는다는 것이 종의 번식 그 이상의 의미가 아니라면 나는 대체 무슨 짓을 한 것인가. 나는 자식을 낳는 데에 그럴 만한 자격이 있는 인간이었나….

서재로 돌아가 일을 하려고 하는데 글이 써질 턱이 없었다. 나는 노트북을 닫고 일기장을 꺼냈다.

어려서부터 매일 장문의 일기를 쓰던 나는 데뷔를 하면서 아주 가끔만 일기장에 글을 적게 되었다. 기분이 아주 좋거나 반대로 스트레스가 감당할 수 없을 정도로 쌓이면 거기에 글을 쓴다. 누군가에게 보여줄 글이 아니기에 비문을 끼적여도 되고 앞뒤가 안 맞아도 되며 검증을 할 필요도 없다. 뭐든 글로 쓰면 큰일로 여겨졌던 일도 대수롭지 않게 보이고, 사방이 막혀 있는 것 같은 상황에서도 긍정적인 면이 보인다. 나는 글을 쓰다가 스트레스가 쌓여도 글로 푼다.

그날도 그 일기장을 펼쳐 한참동안 이런 저런 말들을 쏟아내고 나서 좀 진정이 된 나는 마지막으로 글을 쓴 게 언제였나 앞장을 살펴봤다. 마지막 쓴 글은 육 개월이나 전의 것이었다. 대체 이 한 권을 내가 몇 년이나 쓰고 있는 것인가 후루룩 넘겨보던 내 눈에, 두꺼운 사인펜으로 힘주어 쓴 글 한 무더기가 스쳐지나갔다. 나는 펜이 종이에 긁히는 느낌을 싫어하기 때문에 언제나 볼펜만을 쓴다. 더구나 사각사각 소름 끼치는 소리가 나는 사인펜이란 그야말로 사인할 때만 사용하는 것이다. 그런 내가 일부러 사인펜으로 써놓은 글이 무얼까 궁금해져서 읽어보았다.

그건 거의 몇 년 전 아이가 초등학교 저학년일 때 쓴 글의 일부였다. 그날 나는 아주 행복했던 것 같다. 글에서 햇살이 뿜어져 나오는 게 느껴졌다. 그때 딸아이는 본인조차 잊고 넘어갈 뻔했던 내 생일을 유일하게 기억하고 준비한 다정하고 똘똘한 꼬마였다. 나는 딸이 사랑스러워서 견딜 수 없어 하는 팔불출 어미

의 심정을 가감 없이 기록해놓았다. 그러면서도 한편으로는 선배 엄마들에게 들은 '사춘기 괴담'에 대한 두려움도 숨기지 않았다. 먼저 겪은 이들에 의하면 그 무서운 시기가 되면 과연 내 자식이 맞나 싶을 정도로 아이가 변한다는 것이었다. 아주 낯설고 때로 괴물처럼 느껴진다고 하는 증언도 있었다. 일기장 속의 나는 당시 그처럼 귀여운 딸아이가 '중2병 괴물'로 변할 거라는 말을 믿을 수 없었던 것 같다. 그 단락의 마지막을 '나중에 꼭 읽을 것!'이라는 당부와 함께 눈에 띄는 두꺼운 사인펜으로 적어놓았다.

> 나중에 현진이가 그 어떤 못된 짓을 하고 있더라도 절대로 잊지 마. 오늘 내가 적어놓은 사랑스러운 모습, 이게 그 아이의 본래 모습이야. 아무리 속상하고 포기하고 싶어도 이 사실을 잊지 마!

절박한 진심이 담긴 내 자신으로부터의 당부였다. 뭔가 눈물이 날 것만 같았다.

그런데 이를 어쩌나. 그 글을 읽어도 나는 지금 저기서 문을 잠그고 들어앉아 있는 딸이 이 글에 적혀 있는 천사와 동일 인물이라는 걸 믿을 수가 없었다. 일기장이라는 타임머신으로 미래의 나를 구원하고자 했던 과거의 내 노력은 실패했다. 왜 매번 타임머신을 소재로 한 영화에서 주인공이 시간을 거슬러 가도 결과를 바꾸지 못하는지 이해가 된다.

하지만 다행히도 지금의 딸은 당시 내가 두려워하던 것만큼의 사춘기 괴물이 되어 있지 않다. 딸은 그때와는 전혀 다른 면으로 여전히 귀엽다. 게다가 어린 시절 내게 주었던, 딸이 아니면 그 어떤 방식으로도 얻을 수 없었을 종류의 기쁨을 일기장을 통해 상기할 수 있었다는 건 충분히 괜찮은 일이었다.

과거의 나와 옥신각신 대화하는 사이, 딸깍 문을 여는 소리가 아이 방 쪽에서 들려왔다. 그 소리가 뭐라고 내 안에서도 뭔가 빗장이 풀리는 소리가 들렸다.

나는 다시 미래의 나를 향해 일기장에 메시지를 적기 시작했다.

'애가 이상한 남자를 남편감이라고 데려오거든 무슨 일이 있어도 말려. 사랑에 빠진 딸의 모습만 보고 약해지면 안 돼. 자기 결정권 같은 건 얼마든지 누리라고 해, 결혼만 빼고! 결박을 해서 집에 가둬두든 강제로 머리를 깎든 그 결혼은 막아야 해. 아이가 당장은 원망하겠지만 몇 년 후 정신을 차리고 나면 너에게 감사하게 될 거야. 그렇지 않으면 오히려 왜 안 말렸느냐고 평생

원망을 들을걸? 이게 맞는 말이라는 걸 너는 알잖아!?'

이렇게 유용한 충고를 해주었으니 이제 미래의 내가 와서 보답으로 로또 번호 같은 것을 알려주면 좋겠다.

아이와 이십 분만 함께할 수 있다면

오래전부터 나는 딸의 친구들을 보면 외양만 보고서도 그 엄마가 일을 하는 엄마인지 집에서 살림하는 엄마인지 단숨에 알아맞힐 수 있었다. 일하는 엄마를 둔 아이들의 입성이 허술하거나 몸이 지저분해서가 아니었다. 내가 셜록 홈즈도 울고 갈 확률로 정확한 결론을 도출할 수 있게 해준 단서는 다름 아닌 '머리 모양'이었다.

머리를 감겨 말리고 몇 번 툭툭 털면 되는 커트나 단발머리를 한 여자아이들은 대체로 일하는 엄마를 둔 아이들이고, 머리 방울로 오밀조밀 묶은 깜찍한 머리를 하고 있으면 거의 틀림없이 전업주부를 엄마로 둔 아이들이었다. 전쟁 같은 아침 시간, 머리 묶는 게 아프다며 징징대는 아이와 씨름하다가 출근 시간에 걸려 끝내 봉두난발로 유치원에 보내본 경험을 몇 번 하다 보면 자연스레 아이 손을 붙잡고 미용실에 가게 되는 것이다.

결혼도 하고 싶고, 일도 하고 싶은 여자들에게 가장 걱정되는 건 이처럼 어쩔 수 없이 엄마 손이 덜 가게 될 아이의 삶의 질이다. 아무리 가정적인 남자를 만난다 해도 이 땅에서는 양육의 상당 부분을 여자가 책임지는 구조다. 그래서 우리는 아이와 관련해 뭔가가 잘 안 됐을 때 우선 엄마로서의 죄책감을 느끼도록 사회화되어 왔다. 때문에 모든 것을 천진하게 누려야 할 어린 시절에 아이가 감내해야 할 엄마의 부재가 혹 아이에게 정서적 결핍을 느끼게 하지는 않을지 걱정하지 않을 수 없게 된다. 아이의 희생을 담보하고라도 지켜야 할 만큼 내가 하고 있는 일이 소중한지 스스로에게 물어도 답이 나오지 않는다.

아이를 기르면서 숱한 순간 의문과 죄책감을 품은 건 나도 마찬가지였다. 그러다가 어느 날 읽은 아동 심리학 책에서 이런 내용을 발견했다. 아이에게는 부모와의 애착관계가 중요한데, 하루에 이십 분만 충실히 상호작용을 해도 아이가 정서적으로 필요한 것은 모두 충족받는다는 것이었다. 그 이론에 의하면 하루 종일 아이 곁에 있어도 상호작용을 제대로 해주지 않으면 아이는 여러 가지 마음의 문제를 가지며 성장한다고 했다.

그 글을 읽고 나서 나는 곰곰 돌이켜보았다. 내가 일을 쉬면서 아이와 함께한 기간에 과연 아이에게만 온전히 집중한 시간이 얼마나 되는지. 텔레비전에 눈길을 빼앗기거나 살림에 손대지 않고 완전하게 아이와 놀아주는 시간은 이십 분에 턱없이 못 미쳤다.

그런데 그게 나만 그런 게 아니었다. 언제나 아이와 함께 있는 전업주부들에게 물어도 별반 다르지 않았다. 아이와 함께 있는 것만으로도 충분하다고들 생각하는 데다, 할 일은 많고 아이와 놀아주는 건 힘든 일이니 말이다. 그게 결과적으로 아이가

다 자라서는 엄마가 일을 하고 안 하고가 아이의 됨됨이에 큰 영향을 끼치지 않는 이유였던 것이다. 아이를 위한다면 일을 그만두느냐, 계속하느냐를 고민할 게 아니라 하루 이십 분이라도 아이에게 충실할 수 있는가를 생각해야 한다는 걸 그때 알게 되었다.

처음 '아이와의 이십 분'을 실천할 때에는 힘에 부쳐 그만둘까도 생각했었다. 그게, 아이들과 놀아주는 재능이 없는 나한테는 아이의 수준에서 놀아야 하는 그 이십 분이 두 시간쯤으로 여겨지더란 말이다. 내 딴에는 힘껏 놀아주고 지쳐 누웠는데도 시계를 보니 분침이 눈곱만큼 이동했을 뿐이었다. 인형 역할놀이나 소꿉놀이, 몸으로 뒹구는 일 같은 것은 나에게 어렵고도 어려웠다.

고민 끝에 내 깜냥으로 아이와 함께 할 수 있는 일을 생각해낸 게 책 읽어주기였다. 그냥 읽기만 한 게 아니라 딸과 함께 내용에 흠뻑 빠져들어 등장인물들을 연기하며 읽었다. 비록 목이 아파 매일 밤 물을 한 주전자씩 들이켜야 했지만 나와 아이가 함께 재미를 느끼는 일이라 할 만했다. 덕분에 아무리 피곤하고 일이 많아도 책 읽기를 쉬지 않을 수 있었고, 이 신성한 잠자리 의식은 거의 십 년간 이어졌다. 아기 때부터 과장된 대화체 연기가 들어간 낭독에 익숙해져 있던 딸은 원래 책은 그렇게 읽는 것인 줄 알았고, 훗날 초등학교 입학해서도 교과서를 그렇게 읽다가 선생님에게 구연동화에 재능이 있다는 칭찬까지 듣게 되었다.

그 이십 분 덕인지 몰라도 수많은 순간 내가 일 때문에 곁에 있을 수 없었어도 아이는 잘 자라주었다. 비록 사춘기 특유의 먹구름을 몰고 다니기는 하지만 그 또래 도달해야 할 성장 과업에 무리 없이 이르고 어미 된 자의 일을 그런대로 이해하는 친구 같은 존재가 되어가고 있다.

그사이 육아 고민과 공부를 더 쌓아온 내가 이제 와서 확신을 더하고 있는 명제가 하나 있다.

'좋은 사람'이 '좋은 엄마'가 된다는 것이다.

아이는 부모가 의도하는 대로가 아니라 부모의 됨됨이를 따라 자란다. 대단한 기술이나 지식이 아니라 부모 자신이 좋은 사람이 되는 것이 최고의 교육이라는 걸 자꾸 확인하게 된다. 부러 눈을 부릅뜨지 않아도 살면서 쌓여가는 사례들이 이 진리를 말해준다.

어쩌면 좋은 부모가 되는 가장 빠른 길은 아이를 계도할 방법을 고민하고 교육 정보를 찾아주는 것보다 면벽 수련이라도 해서 내 마음을 바로잡는 것일지도 모른다는 생각이 든다.

내 자식 인생을 걱정하는 것보다 내 인생을 먼저 챙기고 걱정하는 게 더 낫다는 걸 깨닫고 나니 마음이 한결 편하다.

희생은
미친 짓이다

몇 년 전 집에서 원고 작업을 하고 있을 때였다. 전화벨이 울리기에 받아보니 그맘때 초등 고학년이던 딸이었다.

"엄마, 선생님이 지난 학기 교과서를 전부 집에 가져가라고 하셔서 짐을 쌌는데 너무 무거워요. 학교로 좀 와주시면 안 돼요?"

나는 아이가 웬만큼 크고 나서는 학교에 드나들지 않는 걸 원칙으로 삼고 있었다. 아이가 학교에 가 있는 시간을 이용해서 일하는 것이 습관이 되어 있는 나는 예나 지금이나 그 시간을 놓치면 좀처럼 다시 집중하지 못한다. 따라서 그 무렵에도 아무리 잠깐이라도 학교에 다녀오고 나면 그날 일은 아예 못 하는 것이나 마찬가지였다. 그 나이쯤이면 굳이 부모가 나서지 않아도 자기 일은 알아서 할 수 있다는 것도 이유였다.

아이의 전화를 받은 나는 한 삼 초쯤 망설였던 것 같다. 밖을 내다보니 마침 비까지 내리고 있었다. 우산에 무거운 책 보따리까지, 아무래도 오늘은 무리겠다 싶었다. 나는 가겠다고 대답을 하고 겉옷을 챙겨 입고 학교로 나섰다.

그런데 딸은 학교에서 나를 기다리지 않고 이미 집 쪽으로 한참 걸어오고 있었다. 횡단보도 앞에서 나와 조우한 딸은 제가 불러놓고도 나를 보고는 깜짝 놀라 반겼다. 마치 진짜로 내가 나올 줄은 몰랐다는 듯.

아이의 짐을 받아들고 걷는 나를 향해 딸이 연신 말했다.

"엄마, 고마워요. 엄마, 고마워요…."

마치 지나가던 행인에게 호의를 빚진 것처럼 고마워하는 딸의 모습에 나는 좀 당황해서 어떻게 반응해야 할지 몰랐다. 약간의 죄책감도 느꼈다. 평소 엄마가 얼마나 냉정하게 느껴졌으면 이런 정도의 일로 저렇게 고마워할까.

하지만 딸의 얼굴을 보고 그런 생각은 이내 지워졌다. 짐을 덜고 우산을 나눠 쓰며 걷고 있는 딸은 밝게 웃고 있었다. 아이는 진심으로 고마워하고 행복해하고 있었다.

평소에 나는 아이에게 엄마에게도 나름의 삶이 있고 그걸 소중히 여기고 있다고 가르쳤다. 그날 아이는 내가 그 소중한 것을 포기하고 자신을 마중나갔다는 걸 알고 있었던 것이다. 매일 아이의 책가방을 들어주러 학교로 마중 나가는 엄마를 둔 아이들은 느끼지 못할 종류의 감정을 아이는 느끼고 있었다.

나는 엄마들이 아이를 위해 지나친 희생을 하는 모습을 많이 보아왔다. 그리고 희생의 대가가 제대로 돌아오지 않는다고 느낄 때의 실망감이 어떤 것인지도 말이다.

아이가 조금씩 제 생각을 가지고 의사 표현을 하기 시작할 때쯤 엄마들이 몸과 마음의 병을 얻는 경우가 많다. 자신이 가지고 있는 모든 것을 자식과 남편에게 쏟아 붓는데, 그게 아주 당연한 것이 되어가는 과정을 보는 것은 정말 서글픈 일이다. 가족에게 모든 시간을 투자하는 전업주부들만 이런 감정을 겪는 것도 아니다. 체력적으로나 시간적으로나 쉽게 고갈될 수 있는 워킹맘들도 그런 감정에 괴로워하는 경우가 얼마나 많은지 모른다.

위장약을 처방 받으러 병원에 갔다가 친구와 마주친 적이 있다. 친구는 주말에 김장을 하다가 몸살이 들었고, 그래서 병가까지 냈다고 했다. 그런데 끙끙 앓는 소리를 내는 그 친구 옆에 장을 본 짐이 있었다. 친구는 김장하고 남겨놓은 배추 속으로 보쌈을 해 먹으려고 고기를 샀다고 했다. 아프면 쉬면서 자신을 돌볼 것이지 왜 이런 고생을 사서 하느냐고 물었더니 아들이 보쌈이라면 '환장'을 한다는 답이 돌아왔다.

"아들이 먹고 싶다는데 어쩌겠어. 내 몸이 좀 힘들더라도 해줘야지."

이런 말을 덧붙이는 그녀에게 나는 더는 할 말이 없었다.

그녀에게는 희생이 일종의 습관으로 굳어져 있었다. 문제는 그쯤 되면 상대방도 받는 것이 습관이 된다는 것이다. 내 노력과 관심의 중심이 내가 아닐 때, 언젠가는 그 대상에게 말할 수 없는 상처를 받게 된다. 그리고 내가 받은 상처는 사랑하는 그 사람에게 다시 돌아간다. 도대체 누가 잘못한 것인지 알 수가 없는 영문 모를 악순환이 계속되는 것이다.

어떤 책에서 이런 구절을 본 기억이 난다.

'세상을 물들이는 악은 언제나 불행한 사람에게서 나온다'고. 행복한 사람은 남에게 결코 악을 행하지 않는다는 것이다. 그래서 내 자신이 행복해지는 것이 결국은 세상에 기여하는 것인 셈이다. 세계 평화라는 거대 담론으로 나아갈 것도 없다. 내가 행복하지 않으면 우선 가장 가까이 있는 가족이 불행해지니 말이다.

나는 아직도 내가 행복하지 못했던 시기에 딸을 어떻게 대했는지 뚜렷이 기억하고 있다. 너무나 바빠서 아이를 제대로 돌보지 못했던 시간도 있었지만, 나는 내가 불행했던 시절이 딸에게 가장 미안하다. 불행한 사람은 본능적으로 주변의 가장 약한 대상에게 자신의 감정을 해소하게 되는데, 그게 바로 자식이다. 그래서 불행한 엄마들이 자신이 의도하지 않더라도 아이를 힘들고 불안하게 만드는 것이다. 내가 알고 지내는 심리상담가들과 아동복지 관련 종사자들은 입을 모아 말한다. 자신들이 상담하거나 돌보는 아이들이 말도 못 하게 불쌍하지만, 정말 치료가 필요한 사람들은 그 부모들이라고.

아이나 남편과의 사이에서 뭔가가 삐걱거릴 때 멀리 떨어져 살펴보면, 거기에는 항상 내 자신이 아닌 그들을 통해 행복감이나 대리만족 따위를 느껴보려고 하는 내가 있었다. 행복의 중심축이 내가 아닐 때 서로가 불행해지더란 말이다. 자꾸만 희생을 하는 사람들이 자기중심적이 되기 쉽다는 건 씁쓸한 역설이다. 어머니들의 전매특허인 '내가 너를 어떻게 키웠는데'로 시작되는 각종 슬픔의 대서사시가 그 증거다.

따라서 나는 내가 행복해지는 걸 제일 우선순위에 놓기로 했다. 가족들이 장난으로라도 나를 존중하지 않는 행동을 하면 진지하게 그러지 말 것을 요구하고, 내가 싫어하는 일을 오로지 타인을 위해서 하지는 않는다. 대신 줄 때 기분이 좋아져서 가족들에게 선물이나 봉사를 하고, 마음이 뿌듯해지니까 친구들을 돕기도 한다. 내가 행복해져서 후원도 한다.

이런 식으로 점점 더 행복해지다 보면 아주 나이가 많아졌을 때 저절로 세상의 빛이 되어 있지 않을까?

세상에서 가장 사랑하면서도 가장 무서운 사람이 된다는 것

얼마 전 우연히 아들을 데리고 외출한 지인과 마주쳤다. 다감하고 조용한 지인과 지적이면서도 온순한 그 남편의 성품을 아는 나는 두 사람의 합작품인 그 아이가 얼마나 사랑스러울까 기대가 컸다.

"안녕, 엄마 친구야. 엄마랑 어디 좋은 데 가니?"

그런데 아이는 인사를 건네는 내게 대뜸 거칠게 쏘아붙이는 것이었다.

"짜증나니까 말 시키지 마요!"

아홉 살짜리 아이답지 않은 태도에 깜짝 놀란 나를 더욱 놀라게 한 것은 그에 이은 지인의 대응이었다. 그녀는 아이의 행동에 당혹한 눈치였으나 그 어떤 훈육도 하지 않는 것이었다. 양육 방식보다는 부모의 인품이 아이를 바르게 키운다고 생각하는 나는 그 부부를 내가 잘못 알고 있던 게 아니었나 다시 생각해보게 되었다.

나중에 다시 지인을 만나 고민을 듣게 되면서 나는 오해를 풀었다. 아이가 젖도 떼기 전부터 직장에 다시 나가야 했던 그녀는 아이에게 깊은 미안함을 품고 있었던 것이다. 감기가 걸렸을 때 제대로 대처하지 못해 폐렴으로까지 번져 아주 위험한 고비를 넘긴 적이 있었다나. 의사가 '조금만 늦었더라도 큰일 날 뻔했다, 아기가 이 지경이 될 때까지 뭐 했냐'라고 질책을 했단다. 부모란 그런 말을 가슴에 박고 사는 존재다. 그녀는 지금도 아들의 몸이 약한 것이 자신의 탓이라고 여기고 있다. 그래서 아이가 잘못을 해도 당당하게 혼내지 못하는 것이었다.

그녀의 죄책감이 아이를 망치고 있었다.

원래 아이들이란 불쌍하게 느껴지는 존재다. 아이들은 자신을 보호할 능력이 없고, 어떤 것이건 아이들이 겪는 고통은 자기 잘못의 대가가 아니니 말이다. 더군다나 그게 '내 새끼'일 경우는 말해 무엇하겠는가.

연민과 사랑은 분명 다른 것이지만 서로 깊은 연관이 있는 개념이다. 고어(古語) '어여쁘게 여기다'가 현대어로는 '불쌍하게 여기다'란 뜻이었던 건 우연이 아니다. 필연적으로 부모는 연약한 사랑의 대상인 어린 자식에게 쉽 없이 연민을 느끼게 되고, 그 연민과 미안함은 종이 한 장 차이다.

특히나 일하면서 애 키우는 여자들이 느끼는 자식에 대한 연민은 표현하기 어려울 정도다. 구석구석 엄마의 손길이 미치지 못하는 아이의 성장 과정에서 빈틈을 발견하게 될 때마다 더욱 그렇다. 나는 자기 일 잘하던 여자들이 아이에게서 문제를 발견하고 고민하다 사표를 내는 것을 많이 보아왔다. 하지만 가만히 살펴보면 아이를 엇나가게 하는 건 엄마의 부재가 아니라 엄마의 죄책감 때문인 경우가 더 많았다.

부모는, 특히나 엄마는 아이에게 세상에서 가장 친근한 동시에 가장 무서운 사람이어야 한다. 이 대상이 일치하지 않을 때 아이는 무엇이 옳고 그른지에 대해 제대로 배울 수가 없다. 이런 종류의 무서움은 체벌 따위가 아니라 해야 할 것과 하지 말아야 할 것에 대한 부모의 일관성과 단호한 태도에서 나온다.

아이의 품행과 예의는 단순히 남에게 잘 보이게 하기 위한 게 아니다. 그 아이가 세상에 나가 사람들에게 존중받게 하기 위해 부모가 물려주어야 할 재산이다. 무례한 아이는 아주 어려서부터 힘들게 세상을 마주해야 하고 자기가 왜 힘든지도 모른 채 평생을 살아가야 한다.

사랑과 엄격함을 어떻게 동시에 유지해야 하나 고민도 많았고 죄책감이 발목을 잡기도 했지만, 생각보다 아이들은 영리하다. 그 두 가지가 모두 사랑의 표현이라는 걸 알더란 말이다. '사랑'과 '엄격'이라는 두 단어만 듣고 대뜸 공부하라고 애 잡는 사람이 없기를 바랄 뿐이다.

최악의 엄마만은 되지 않기 위해

십여 년 동안 주로 여자의 삶에 대해 고민하고 글을 쓰다 보니 '이젠 슬슬 육아에 대한 책도 써보자'는 편집자들의 제안이 들어온다. 거기에 대한 내 대답은 몇 년째 '언젠가는…'이다. 겨우 중학생인 딸아이 하나 키우고 있는 보잘것없는 내공으로 무슨 해줄 말이 있을까 싶은 게 솔직한 심정이다. 게다가 무섭다. 한국에서 육아로 책을 낼 정도면 최소한 자식을 명문 대학에 보내는 게 기본이라는 말이 있던데, 나는 대입은커녕 고입 제도에 대해서도 잘 모르겠다. 어느 모로 보나 좋은 부모의 입장에서 누군가에게 조언을 해줄 만한 자격은 없는 것 같다.

하지만 고비마다 제 나이의 발달 과업을 다 해내고 잘 자라 있는 아이를 바라볼 때 한 가지 안도하게 되는 면이 있기는 하다.

'아직까지는 내가 크게 잘못한 건 없구나.'

적어도 내가 잘못하고 잘하고를 스스로 판단할 수 있는 건 그동안 쌓인 육아 공부 때문이다. 문제가 생기면 책에서 방법을 찾는 습관이 있던 나는 딸을 키우며 답답할 때마다 육아나 교육, 아동심리에 대한 책을 찾아 읽었다. 관련 강의도 찾아 들었다.

많은 사람들은 책에서 말하는 것들은 현실과 다르다고도 하고, 책에서 공자 왈 맹자 왈 하며 전달해주는 이론들이 실천하기 어렵다고 비아냥대기도 한다. 또 어떤 사람들은 학자마다 주장하는 이론들이 달라서 누구 말을 들어야 할지 모르겠다며 다 소용없다고 양비론을 펼치기도 한다. 그러나 아마 시중에 나온 웬만한 육아서들은 다 읽어보았을 내가 보기엔 다 '비겁한 변명'일 뿐이다. 양육에 대한 전문가들의 입장 차가 다 다르다 해도

공통적으로 꼭 해야 할 것들과 결코 하지 말아야 할 것들은 대동소이하다. 그에 대한 기본적인 인식만 있어도 아이를 대하는 자세는 달라진다.

요즘처럼 다들 교육을 잘 받는 세상에서 '아이는 낳아놓으면 혼자 자란다'고 하거나, '아이를 야단치면 기 죽는다', 반대로 '아이는 때려서 버릇을 잡아놓아야 한다'는 말을 태연히 하는 부모들을 보면 기가 막힐 따름이다. 겨우 말이 트인 아기를 사교육으로 괴롭히거나, 공공장소에서 폐를 끼치는 자식을 방치하는 부모를 봐도 답답하긴 마찬가지다.

루소의 『에밀』 이래 수백 년 동안 많은 사람들의 고민으로 이어져온 교육학과 아동심리학 등이 쓸데없이 발달해온 것이 아니다. 그들이 알아낸 아이들의 기본적인 특성과 소통법을 이해하기만 해도 위에 열거한 행동들을 하는 부모들은 분명 스스로가 부끄러워 견딜 수가 없을 것이다.

부모 공부를 하면서 알게 되는 모든 것들을 실천하는 건 물론 어렵다. 하지만 최소한 절대로 해서는 안 될 일을 하게 되지는 않는다.

요즘의 이론에 의하면 아이가 울고 싶어 할 때 인내심 있게 감정을 읽고 공감해주는 게 정석이다. 아이가 어려서 자주 울 때 나도 그렇게 해주려고 노력은 했다. 그러나 심신이 고단해 도저히 그렇게까지 해줄 에너지가 없으면 아이에게 이렇게 묻곤 했다.

"엄마가 안아줄까? 아니면 방에 들어가서 네가 울고 싶은 만큼 실컷 울고 나올래?"

아이는 잠시 생각하다가 기분에 따라 나한테 꼭 안겨 울거나 방 안에 들어가 엉엉 울곤 했다. 적어도 '뭘 잘했다고 울어? 바보 같은 애들이나 우는 거야! 뚝!' 하고 윽박지르지는 않았다는 말이다. 좀 더 솔직하자면 정석대로 하기보다는 울보 딸에게 울기를 허하는 편법을 쓸 때가 더 많았다. 하지만 예민하고 속이 여린 딸은 주변 어른들 걱정대로 못난 울보로 남지 않고 배려심이 남다른 아이로 자랐다. 눈물이 많은 건 예민하고 감정이 풍부해서였으니 그게 장점으로 작용하면 남의 입장에서 생각해 볼 줄 아는 사람이 되는 것이었다. 부모가 '최악의 엉뚱한 짓'만 하지 않으면 아이들은 각자의 개성대로 장점을 발휘하는 사람이 되는 것이다. 실제로 간혹 목격하게 되는 악한 인격의 사람들은 그 부모의 '최악의 엉뚱한 짓'들의 산물인 경우가 대부분이다.

십수 년 엄마 노릇을 하고도 아직도 초보인 것만 같은 나는 지금도 최악만큼은 피하기 위해 공부를 한다. 그리고 스스로는 공부할 생각이 전혀 없는 남편이 저지를 수도 있을 '최악의 아빠

짓'을 막기 위해 끊임없이 그를 교육하고 있다.

나는 모든 배움에는 보상이 따라온다는 지론을 갖고 있지만 부모 공부만큼 필요를 채워주는 공부는 없는 것 같다. 옛날 사람들은 그런 거 없이도 아이들을 잘 키웠다고? 우리 중에 얼마나 이상한 사람들이 많은지 생각해보면 그렇게 내키는 대로 키운 결과는 알 수 있는 거 아닌가?

내가 '엽기 엄마'가 된 이유

'회사에서 바보 취급 받고 싶지 않고, 아이에게도 보통은 하는 엄마이고 싶어요.'

내게 조언을 구했던 어느 워킹맘이 했던 말이다. 어떤 마음인지는 이해가 되지만 '바보 취급 받지 않는 것'과 '보통은 한다'는 기준이 아무래도 액면 그대로는 아닌 것 같아 안타까웠다. 정말 그녀 나름의 상한선이 그리 만만하다면 그렇게나 힘들 리 없을 테니 말이다.

워킹맘들은 직장에서는 싱글들 못지않게 일하고 싶고, 집에서는 전업주부 못지않게 완벽한 엄마이고 싶다. 그러지 말자, 하면서도 남들과 섞이다 보면 어느새 그런 마음이 된다. 특히나 자식 문제에 관해서는 한없이 작아진다. 요즘 전업주부 엄마들의 정보력과 적극성에 얼마나 기가 죽는지 모른다. 그래서 아이 앞에서만큼은 한없이 관대하고 유능한 엄마의 모습을 보이고 싶어진다. 자꾸 무리하게 된다. 나 역시 한때는 그랬고, 어느 순간부터는 내려놓고 내 능력만큼만 하자고 생각하게 되었다.

고백하자면 내게는 미치도록 부끄러운 추억이 하나 있다.

아이의 친구들과 그 엄마들이 함께 모인 집들이 자리에서였다. 엄마들은 간식을 먹으며 수다를 떨고 당시 어린 초등학생이었던 아이들은 저들끼리 몰려다니며 놀고 있었다. 그런데 잘 놀던 딸아이가 울먹이며 내게 다가왔다.

"엄마, 손가락을 다쳤어요."

"그래? 놀다 보면 그럴 수도 있지. 어디 보여줘 봐."

그런데 들여다보니 아이의 상처가 범상치 않았다. 놀다가 저도 모르게 문 사이에 손가락이 끼었다는데 살점이 푹 패여 피가 많이 나고 있었다. 딸은 겁이 많고 얌전한 편이어서 그 정도로 다친 걸 본 건 그때가 처음이었다.

애써 태연한 척 아이를 진정시키고 응급조치를 취하려고 하는데 갑자기 속이 부글거리기 시작했다.

"잠깐만 기다려봐."

나는 겁을 먹은 아이를 잠시 내버려두고 화장실로 들어갔다.

그러고는 그날 저녁 먹은 걸 몽땅 게워냈다. 한참을 변기와 씨름하고 나와보니 다른 엄마들이 딸아이를 우르르 둘러싸고 응급처치를 끝낸 상태였다. 미안함, 당황, 고마움이 뒤섞인 감정으로 그들에게 다가갔는데 나를 본 엄마들이 소스라치게 놀랐다.

"현진 엄마, 얼굴이 너무 창백해! 병원은 애가 아니라 자기가 가야될 것 같아!"

그날 이후로 나는 동네에서 자기 아이 손가락 다친 걸 보고 토하러 간 엽기 엄마로 소문이 났다.

사실 나의 모자람은 이 에피소드에서 그치는 게 아니다. 건망증이 심하고 꼼꼼하지 못한 성격 때문에 늘 수많은 구멍이 생기고, 심지어 그 구멍을 아이가 메워줄 때도 있다. 누가 봐도 일과 육아를 모두 멋지게 병행하는 엄마의 모습은 아니다. 그런데도 아이까지 나를 '엽기 엄마'로 보지는 않는다는 것을 알게 된 계기가 있다.

직업상 아이들을 많이 만나는 박사님과 함께한 자리였는데 아이를 보고 가장 먼저 물어본 말이 '엄마를 존경하니?'였던 것이다. 아이의 반응을 보며 성격이나 심리 상태를 짐작하기 위한 질문이었다는데, 아이는 망설이지 않고 '네'라고 대답했다. 그는 나중에 나와 따로 한 자리에서 그런 질문에 쉽게 긍정을 표하는 아이는 의외로 드물다며 그건 진심일 거라고 귀띔해주었다.

'엽기 엄마'를 무려 존경한다니! 나보다도 아이를 새롭게 돌아보게 된 날이었다. 알고 보면 어른에 대한 존중과 '완벽'은 생각보다 거리가 있는 것인가 보다.

흔히들 무엇이건 다 아는 게 어른이 아니라 자신이 무엇을 모르는지 아는 게 어른이라고 한다. 아이를 키우는 시간이 길어질수록 그 말이 틀리지 않다는 것을 실감하게 된다. 아이가 어른을 존중하고 의지하는 마음은 어른이 완벽한 데에서 나오는 게 아니었다. 아이들도 부모가 만능일 수 없다는 것을 안다. 모르는

것을 모른다, 못 하는 것을 못 한다 솔직히 말하고 자신의 한계 안에서 최선을 다하는 것만으로도 충분하다. 그런 태도가 어른다운 것이고, 존중은 어른이 어른다운 데에서 나오는 것이니 말이다.

완벽하려고 애쓰는 엄마의 지친 모습보다는 좀 모자라더라도 행복한 엄마의 모습이 아이에게는 더 좋은 영향을 끼친다는 것을 잊지 않으려고 한다. 고맙게도 아이들은 자신의 다친 손가락을 보고 대뜸 토하러 가는 엄마조차 포용할 만큼 너그럽다.

사람이 꼭 외향적일 필요는 없다

많지 않은 나이 - 지금 생각하면 핏덩이나 겨우 면한 스물다섯에 일과 육아를 병행하기 시작했던 나는 늘 서툰 엄마였다. 그래도 크게 후회는 없는 것은 늘 한계가 있다는 걸 스스로와 아이 모두에게 납득시키려 애썼고 나름 최선을 다했기 때문이다. 하지만 아이가 어릴 때를 되짚어볼 때 마음에 걸리는 게 한 가지 있다. 유달리 내향적인 성격을 타고난 아이를 미숙하게 대했던 나의 태도다.

딸은 낯선 사람은 물론, 웬만큼 낯이 익은 사람과도 쉽게 친해지지 못했다. 초등학교 저학년 때까지도 어색한 어른과의 만남 자리에서는 아예 눈을 감고 자는 척을 할 정도였으니 그저 평범한 아이의 수줍음이라기에는 도를 넘는 부분이 있었다. 양가 어른들은 아이의 성격에 걱정이 많으셨고 많은 곳을 데리고 다니며 많은 사람들을 만나게 해주라고 권하셨다. 그러나 아무리 자주 사람들을 접해도 아이는 사람들과 친해지는 일에 익숙해지지 않았다. 귀엽다며 다가오는 지인들을 무안하게 만드는 아이를 볼 때마다 나는 얼마나 당황했는지 모른다. 왜 나와 둘이 있을 때 보여주는 그 귀여움을 남한테는 보여주지 않는지 이해가 되지 않았다. 그리고 느끼지 말았어야 할 감정으로 아이를 대했다. 바로 '부끄러움'이다. 나는 진심으로 딸이 부끄러웠다.

그간 아이의 성장을 지켜보고, 또 책을 쓰면서 많은 공부를 하며 내 자신도 성장한 다음 돌아보니 이제 딸을 부끄러워했던 과거의 내가 부끄럽다. 그건 그저 아이의 성격일 뿐이었는데 말이다.

아직도 주변에서는 사람이 타고난 여러 성격들을 인정하면서도 유독 내성적인 성격을 '문제'로 인식하는 상황을 많이 보게 된다. 마트 장난감 코너에서 인형을 사달라고 떼쓰며 우는 아이들을 보며 그 아이가 스무 살 때까지 엄마에게 떼를 쓸 거라고 걱정하는 사람들은 없다. 그런데 사교적으로 굴지 못하는 아이를 보면 그 아이가 사회에 적응하지 못할 거라고 걱정한다. 주변의 모든 어른들이 내 딸의 미래를 걱정했던 걸 보면, 내향성이란 필히 고쳐야 할 성격상의 흠결로 오해되는 게 꽤 일반적인 것 같다.

사실 내성적인 이들이 사람들과 잘 지내지 못하고 일터에서도 무능하며 불필요한 손해를 보며 살게 된다는 염려는 어느 사회에나 존재한다. 그러나 팔십 퍼센트 이상이 내향적인 성격을 타고난다는 한국 사람들, 적어도 성격 때문에 손해를 보지는 않으며 잘 살고 있지 않나? 혼자 있는 시간을 통해 힘을 얻는 내향적 인간들은 차분히 집중해야 하는 일을 잘해낸다. 심지어 외향적이지 않으면 안 될 것 같은 영업직에서도 조용한 신뢰로 큰 성공을 이뤄내는 이들이 많다. 자아가 잘 성숙한 사람들이라면 자신의 본성을 적당히 거슬러 필요한 만큼 외향적 태도를 보이는 게 대부분이고 말이다.

내가 아는 사람 중 가장 내성적이었던 딸은 이제 겨우 중학생이지만 벌써 필요한 만큼은 본성에서 벗어나고 있는 것으로 보인다. 친구들이나 어른들 누구를 대할 때에도 제법 사교적이며 자기 의견을 잘 표현한다. 내향적 인간답게 남을 고즈넉이 관찰하고 배려하는 모습에서 오히려 어른스러움이 엿보일 때도 있다. 아이는 본성을 간직하면서도 그에 맞게 생존하는 법을 터득하는 중이다.

'모든 친구들과 사이좋게 지내야 한다.'

'누구에게나 항상 밝고 힘찬 모습을 보여라.'

자라면서 모든 어른들에게 들었던 이런 말들이 여러 쓸데없는 말 중에서도 가장 쓸데없었다. 왜 '모든' 사람과 친구로 지내고 외향성을 연기하며 살아야 하는가? 우연히 같은 반이 되었다는 이유만으로 무조건 사이좋게 지내라는 어른들의 강요를 나는 늘 이해할 수 없었다. 개중에는 가까이하면 주변 사람들을 다치게 하는 경계성 인격장애를 가진 아이들도 있었고 성격이 정말로 맞지 않는 아이들도 있었는데 말이다. 그런 이들은 적이 되지 않는 것만으로도 충분하다.

놀이 문화를 위한 모임에 참가했다가 어린 대학생들과 같은 조가 되어 활동을 하게 되었다. 어쩌다 보니 연장자인 내가 조장 노릇을 하게 되었는데, 그중 두어 명이 너무 비협조적이어서 주어진 과제를 진행할 수가 없었다. 그들은 낯을 가리는 성격으로 보였고 서로 구면인 자기들끼리만 이야기를 하고 있었다. 여느 어른들이 걱정하는 내향적 성격의 문제가 바로 그런 것일 테다. 하지만 내가 보기에 그건 성격이 아니라 미숙함과 예의 없음의 결과였다. 외향적인 성격에 예의가 없었다면 다른 방식으로 타인의 눈총을 샀을 것이다. 그들은 세상에 나가면 아주 혹독한 과정을 거쳐 사회화가 될 것이고 자기 본성의 한계 안에서 남과 어울리는 법을 배울 것이다.

솔직히 딸이 자기 성격을 물려준 건 당신들, 부모가 아니냐고 따지고 들면 할 말이 없다. 과학적으로 밝혀진 사실에 의하면 타고난 성격은 유전이다. 아이가 원한 게 아니라 나와 남편이 준 게 맞다. 다만 성격과 인성이라는 게 다른 것이니 전자는 인정해주고 후자를 어떻게든 잘 다듬어보도록 독려하는 수밖에 없다.

이걸 깨닫고 나니 얼마나 마음이 편안한지 모르겠다. 애닳아하지 말고 그 모습 그대로 믿고 기다려주기로 했다. 아이가 자라면서 만들어낼 인품의 힘이 성격의 단점을 압도하도록.

| 에필로그 |

따져보자,
정말 이십 대가 좋았던가?

내가 '복고'라는 단어를 두고 처음 충격을 받았던 건 중학생인 딸의 학예회에서였다. 순서지에 '복고 댄스'라고 적혀 있던 공연 순서에 이르렀을 때 나는 아주 자연스럽게 디스코나 탱고 음악 같은 것이 흘러나올 거라고 예상했다. 그런데 강당을 쾅쾅 울리며 흘러나오는 노래는 'HOT'라는 아이돌 그룹의 노래였다. 체감으로는 전성기가 지난 지 몇 년 되지도 않은 것 같은 가수의 노래를 두고 '복고'라니. 이제 내가 한국전쟁이나 일제 강점기를 겪은 세대와 한꺼번에 묶이는 건가 싶어 혼란스러웠다.

복고라는 말과 내 삶의 연결을 겨우 받아들일 수 있게 되었을 즈음 방송에서는 복고 바람이 일었다. 한번은 내 대학 시절과 겹치는 시기를 그린 복고 드라마를 보게 되었는데, 마침 등장인물들도 대학생들이라 기대가 컸다. 나는 아마 옛 사진첩을 열어보는 기분을 기대했던 것 같다. 익숙하면서도 아련하고, 다시 떠오르는 옛 기억에 신기해하는 느낌말이다. 그런데 드라마를 보는 동안 나는 기대했던 감정을 전혀 느낄 수 없었다. 그 시절에만 있던 문물들 – 이를테면 공중전화, 삐삐, 사라진 백화점 건물, 그 시절의 음악, 패션 등등은 분명 내 머릿속 기억 세포들을 자극했지만 주인공들을 나 자신에 대입할 수는 없었던 것이다. 나는 결코 드라마 속 그들처럼 행복하지 않았다.

나는 아주 오랫동안 일기를 쓰는 습관이 있었다. 열다섯 살부터 서른 살 정도까지 매일 장문의 일기를 썼고, 이후 글쓰기가 본격적인 업이 되면서부터는 이민 간 친구에게 안부 전하듯 드문드문 내 안팎의 근황을 적을 뿐이다. 딱 한 번 이십 대 시절의 일기를 다시 들춰본 적이 있다. 그 시절의 나는 내가 기억하고 있는 것보다 훨씬 어리석었다. 미숙한 가치관, 어리석은 판단, 세상에 대한 두려움 등으로 똘똘 뭉친 채 세상에 그대로 내던져져서는 죽지 못해 살고 있었다. 당시 유일한 에너지원이었던 낭만적 기대는 아름답다기보다는 처절한 것이었다. 일기를 읽는 내내 나는 일기장 속 과거의 나에게 혈압을 올려가며 외치고 있었다.

"그 남자는 너 안 좋아한다니까. 착각 좀 그만하고 다른 놈을 만나봐!"

"너 이러니까 남자 친구가 없었지. 잘난 척하지 말고 외모에 관심 좀 가져!"

"이따위로 사회생활 했으니 상사가 못마땅해했지!"

"이런 애는 친구도 아니야. 질질 끌려 다니면서 만신창이되지 말고 빨리 벗어나!"

나는 차마 끝까지 읽지도 못하고 일기장을 덮고는 상자에 넣어 봉인했다.

우리가 별 생각 없이 젊은 시절을 그리워하는 건 생물학적 전성기라 외모가 아름다웠고, 아는 것과 이룬 것이 없어 가능성도 열려 있는 시기였기 때문이다. 그리고 그 시절이 아니면 경험할 수 없는 몇몇 강렬한 추억의 장면 탓이다. 뭐든 모호한 것은 기억 속에서 아름답게 포장된다. 더구나 매일 텔레비전에서 쏟아내는 드라마에서는 거의 이십 대들이 주인공이지 않은가. 알게 모르게 인생의 주연에서 밀려나 있다는 느낌 때문에 우리는 행복하지도, 그리 낭만적이지도 않았던 시기를 그리워하며 지금의 시기를 평가절하하고 있는 것인지도 모른다. 이십 대는 그저 꿈과 낭만을 강요받는 시기였을 뿐이다.

실상, 나는 그 시절 싱그러운 피부와 날씬한 팔뚝을 거울로 보면서도 행복하지 않았다. 내게 주어진 젊음은 지금의 성숙만큼이나 당연한 것이었을 뿐이다.

행복은 사람이 성숙할 때에만 제대로 느낄 수 있는 감정이다. 아이들에게 행복하냐고 물어보면 질문을 하는 그 순간의 기분에 따라 대답하거나 잘 모르겠다고 한다. 내 딸은 초등학교 때 '일 년에 단 세 번, 어린이날, 생일, 크리스마스에만 행복하다'고 대답했다. 아이에게 행복이란 '지금 당장 재미있는 것'일 뿐 행복을 이해하고 느낄 능력이 없다. 이런 감정의 성숙은 스무 살 성인이 된다고 완료되는 게 아니다. 우리는 지금 이십 대 그 시절보다 행복할 수 있는 능력을 더 갖추었으며 지금 이 순간도 날마다 행복해지는 능력을 갱신하고 있는 중이다. 선진국들에서 행복지수를 낼 때마다 60세 이후가 행복의 최고치를 나타내는 걸 보면 건강 악화로 삶의 질이 떨어질 때까지 이런 능력은 계속 상승하나 보다.

과거는 현재를 위해 이용할 때에만 비로소 가치를 가지는 것이다. 젊은 시절은 현재를 깎아내리며 되새김질할 그리움의 대상이 아니라, 지금의 삶을 더 풍요롭게 할 추억의 재료로 사용할 때만 아름다운 것이다. 그 자체로는 아무것도 아니다.

산책하다 발견한 들꽃 한 송이에서도, 오전 내내 일에 시달리다가 입에 대는 커피 한 잔에서도 깊은 행복을 이끌어낼 수 있는 지금, 우리는 드라마가 아닌 진짜 인생에서 조연이 아닌 주인공이다.

YOU
ARE
BEST